ごんげん長屋 つれづれ帖【三】

望郷の譜

金子成人

双葉文庫

目次

ごんげん長屋・見取り図と住人

稲荷

空き地

九尺三間（店賃・二朱／厠横の部屋のみ一朱百文）

	研ぎ屋	十八五文	浪人・手習い師匠	
お勝(39) お琴(13) 幸助(11) お妙(8)	彦次郎(56) およし(54)	鶴太郎(31)	沢木栄五郎(41)	厠

どぶ

九尺二間（店賃・一朱百五十文）

	鳶	町小使	元女郎
空き部屋	岩造(31) お富(27)	藤七(70)	お志麻(25)

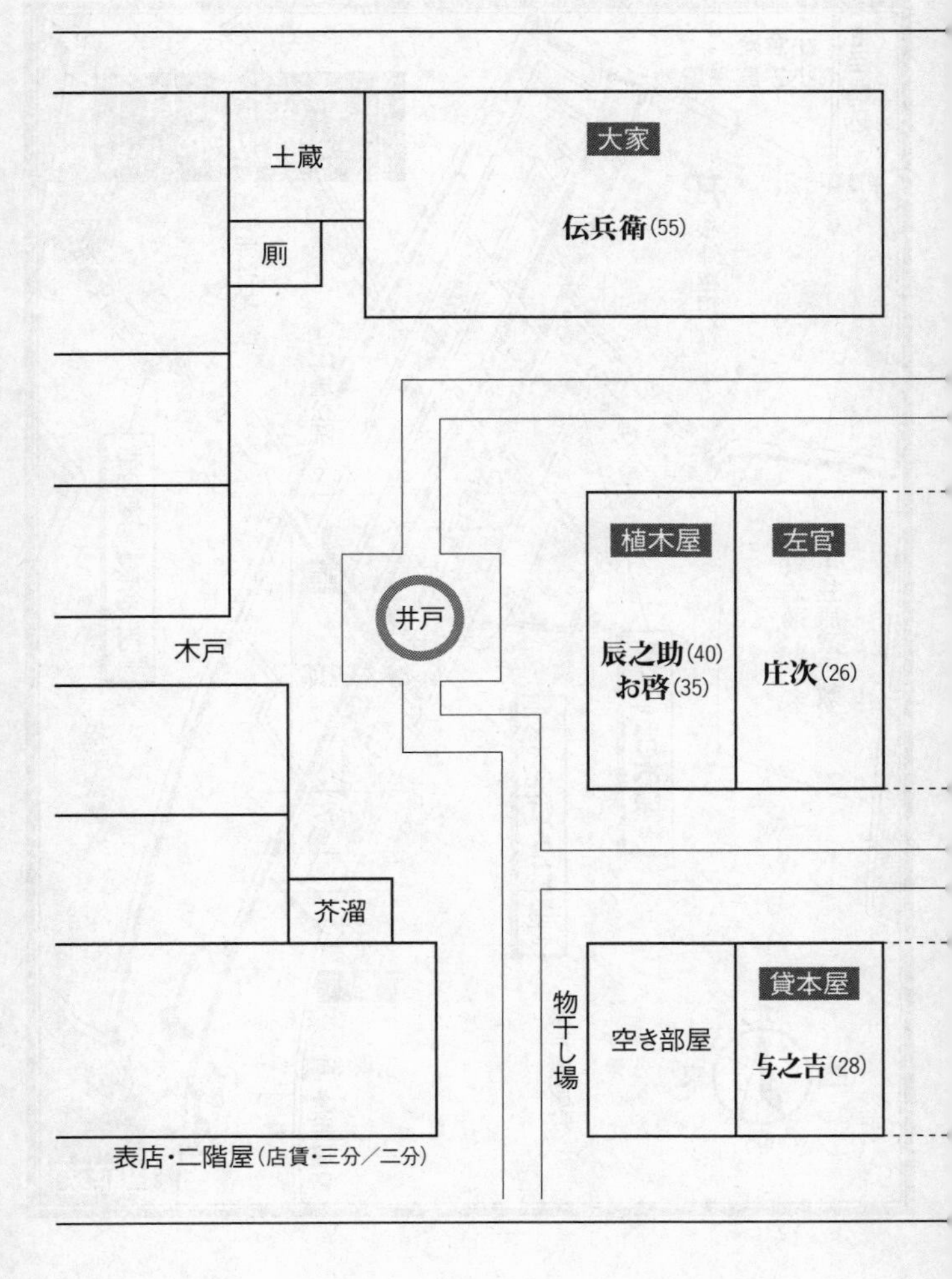
大家
土蔵
伝兵衛(55)
厠
植木屋
左官
井戸
辰之助(40)
お啓(35)
庄次(26)
木戸
芥溜
貸本屋
物干し場
空き部屋
与之吉(28)
表店・二階屋(店賃・三分／二分)

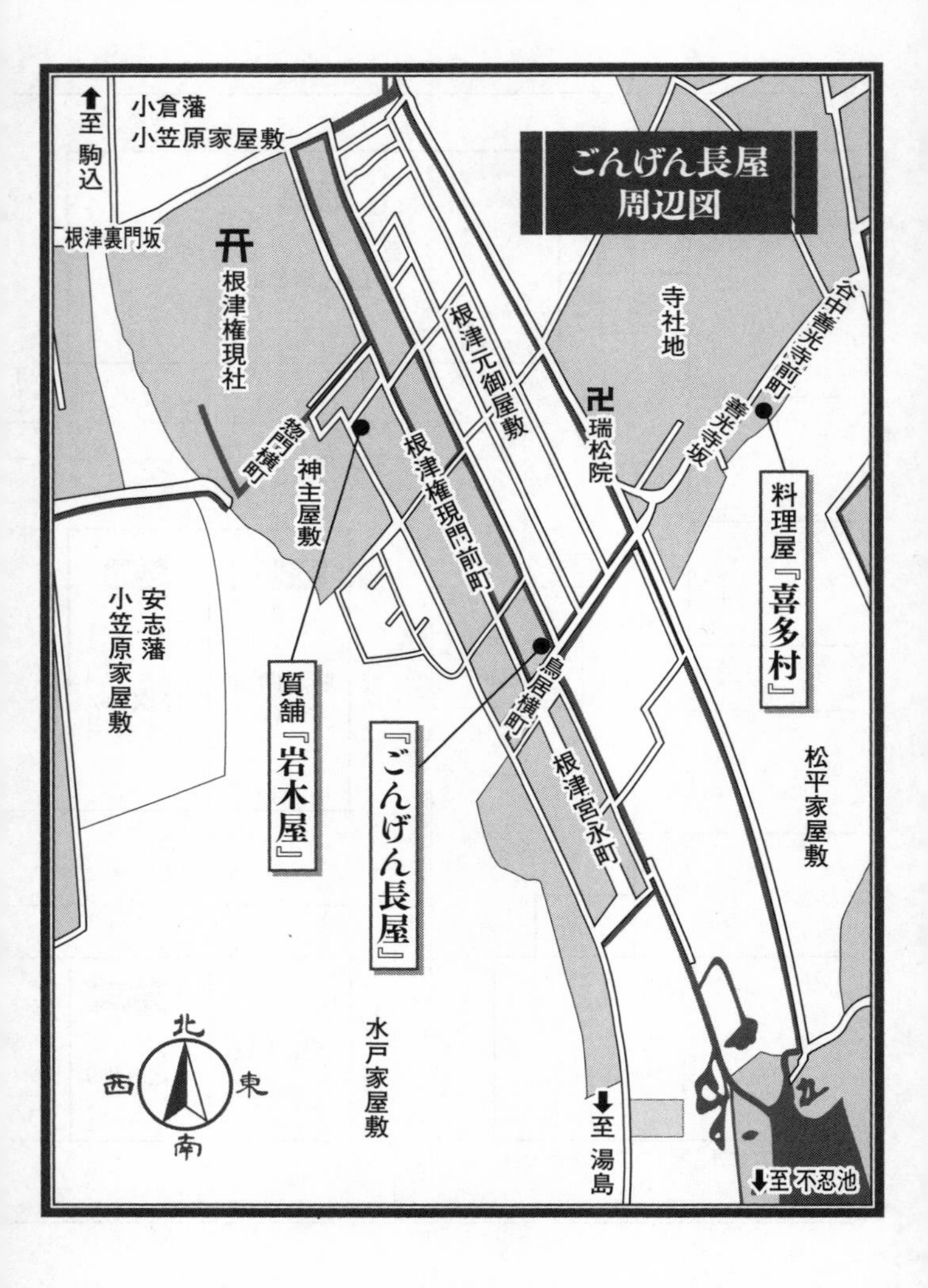
ごんげん長屋
周辺図
至 駒込
小倉藩
小笠原家屋敷
根津裏門坂
根津権現社
惣門横町
神主屋敷
根津元御屋敷
根津権現門前町
寺社地
瑞松院
谷中善光寺前町
善光寺坂
料理屋『喜多村』
鳥居横町
根津宮永町
安志藩
小笠原家屋敷
質舗『岩木屋』
『ごんげん長屋』
松平家屋敷
水戸家屋敷
北
西
東
南
至 湯島
至 不忍池

ごんげん長屋つれづれ帖【三】

望郷(ぼうきょう)の譜(ふ)

第一話　一番かみなり

一

日が昇ったばかりの『ごんげん長屋』は静かだった。

井戸端で青物を洗ったり水を汲んだりする音が、やけに響き渡る。

静かなのは『ごんげん長屋』だけではなかった。

いつもは雑多な音を湧き立たせる近隣一帯も、息を詰めたように静まり返っていた。

特段気にも留めないが、正月元日というものは、例年、こんなふうな静けさに包まれるものではあった。

朝の六つ半（午前七時頃）ともなると、『ごんげん長屋』の井戸端は、遅く起きた者が洗面をしたり、朝餉に使った茶碗や箸を洗ったりするから、物音や話し声が賑やかに交錯する。傍の物干し場で、早々に洗濯物を干す者もいれば、出職（しょく）の者を送り出す声が響き渡るのが常だった。

「明けましておめでとうございます」

路地の奥から近づいてきたお志麻（しま）が、青物や芋（いも）を洗っていたお勝（かつ）とおよしに声を掛けた。

「おめでとう」

およしは手を止めて、手桶（ておけ）を抱えて立ち止まったお志麻に笑顔で応（こた）える。

「おめでとう。今年もひとつよろしくね」

「こちらこそ」

お志麻は、笑顔でお勝に返事をすると、釣瓶（つるべ）を井戸に落とした。

汲み上げた水を手桶に注ぎ入れると、両手に掬（すく）って顔を洗う。

その小さな水音が、辺りに響く。

帯に挟んでいた手拭（てぬぐ）いを取ったお志麻は、素早く顔を拭（ふ）いた。

「お志麻さんの顔は、つやつやだねぇ」

感嘆（かんたん）の声が、お勝の口を衝（つ）いて出た。

「お勝さん。張り合おうと思っちゃいけませんよ」

「およしさんも口が悪い。二十四のお志麻さんと誰が張り合うもんですか」

「お勝さん、わたし、年が明けて、二十五になりましたよ」

お志麻が自分の年を正すと、

「二十五ね。そんな頃が、わたしにもあったんだけれどねぇ」

お勝はそう言うと、ふふふと声に出して笑い、ほうれん草を振って水を切った。

『ごんげん長屋』は、九尺二間と九尺三間という、広さの違う六軒長屋が二棟、路地を挟んで向かい合っている。

お勝とおよしは九尺三間の棟で隣り合って暮らしているが、お志麻は、向かい側の棟の一番奥で一人住まいをしていた。

元女郎のお志麻は、白山にある提灯屋の旦那に囲われていたのだが、昨年の師走、自ら申し出て旦那とは手切れになったばかりである。

「それにしても、朝からお富さんやお啓さんの顔がないなんて、珍しいことですねぇ」

お志麻が何気なく辺りを見回すと、

「元日ぐらい好きなだけ寝ていようということでしょうか」

そう口にして小首を傾げた。

お富というのは、火消しの岩造の女房だし、お啓は植木職の辰之助の女房である。

二人とも子はないが、いつもは朝早く起きて朝餉を作り、亭主を仕事に送り出しているのだ。

「でも火事には盆も正月もないから、半鐘が鳴ったら跳ね起きて、いつだって飛び出す気構えぐらい、岩造さんにはあると思いますよ」

およしがおっとりとした口ぶりでそう言うと、お志麻は、うんうんと頷く。些細なことで女房とやり合う子供じみた性質の岩造だが、火消しの仕事に誠実だということは、長屋の者はよく知っている。

「お志麻さん、雑煮は作ったの」

「ううん。これからゆっくり」

お勝に返事をした途端、

「これから一人分作るのはなんだから、うちに来てお食べなさいよ。お爺さんと二人だからさ」

およしからお志麻に誘いがかかった。

お爺さんというのは、刃物の研ぎを生業にしている亭主の彦次郎のことである。

「うちでもいいんだけど、子供が三人もいるから、およしさんの言葉に甘えた方がいいね」

「はい」

お志麻は、嬉しそうな顔で頷いた。

「明けましておめでとうございます」

井戸端に現れたお琴が声を上げると、およしとお志麻から、口々に「おめでとう」の声が返ってきた。

「おっ母さん、七輪の火が熾きたら、餅を焼いていいの？」

「餅はまだ早いね。鍋で芋や大根を煮てからだよ。七輪の火を竈に移して、湯を沸かしておくれ」

お勝がそう言うと、

「わかった」

返答するや否や、お琴は井戸端から駆け去った。

木戸の方で足音がしたと思ったら、表通りの方から現れた岩造とお富夫婦、辰之助とお啓夫婦が、疲れたような顔つきをして井戸端に現れた。

「おや、皆さんお出掛けでしたか」

お志麻が眼を丸くすると、

「こいつが、初日の出を見に行こうって言い出しやがったもんだからさ」

岩造が、不機嫌な顔をお富に向けた。

「そいつはいいねって言ったのは誰だい」

お富は負けじと言い返す。

「二人が出掛ける音に気づいて、わたしらもお供しましてね」

お啓の声に、辰之助が相槌(あいづち)を打った。

「それで、どこへ行ったんだい」

お勝が尋ねると、

「道灌山(どうかんやま)だけどさぁ、人でぐじゃぐじゃなんだよぉ。なんだってあんなに湧き出しやがるんだよ、まったく」

岩造は、心底閉口したように口を尖(とが)らせた。

「明日からは初仕事だから、今日のうちにご来光(らいこう)を拝(おが)もうという人が押しかけたんですよ」

のんびりとしたおよしの物言いに、途端に岩造の顔がほぐれた。

「しかし、道灌山にあれだけの人出があるとすれば、湯島天神や御殿山、芝の愛宕山辺りは大ごとだろうね」

「うん。辰之助さんのご意見ももっともだが、今頃は、お城の周りも殺気立ってるに違いねぇよ」

そう口にした岩造は、胸の前で両腕を組むと、その光景を眼に浮かべたものか、へへへと笑い声を上げた。

お城には例年、一日から三日の間、諸大名、御三家御三卿はじめ、旗本や高家が年賀の挨拶に押しかける。

家の格式によって登城日が決められているものの、城門が開く六つ（午前六時頃）に間に合わせようと、多くの供を揃えた行列が城を目指すので、市中の通りは暗いうちから混雑するのが恒例となっていた。

早いうちに挨拶をして、将軍家の心証をよくしようという臣下の思惑が透けて見える三が日の騒ぎを見物するのも、江戸の町人の楽しみであった。

「おっ母さん、湯が沸いてるよぉ」

路地の奥から幸助の声が上がった。

「わかったよっ」

お勝は返事をすると、

「さてと、雑煮作りだ」

一同に会釈をして、井戸端を離れた。

戸口の腰高障子も、裏の坪庭に出られる障子も閉め切られているが、家の中は暖かく明るい。

暖かいのは、炊事の火を熾した熱と火鉢に掛かった鉄瓶の湯気のおかげだ。

あと四半刻（約三十分）もすれば五つ（午前八時頃）という時分で、日の光を受けた障子紙が家の中を照らしている。

「改めて、新年明けましておめでとう」

箱膳に着いたお勝が声を発すると、

「おめでとう」

同じく箱膳に着いている三人の子供たちが声を揃えた。

お勝と幸助が並び、向かいにお琴とお妙が並ぶかたちは、いつもの食事時と同じである。

「こうやって、みんな無事に新年を迎えられたのは、何よりのことだよ」

お勝が見回すと、子供たちは少し改まった顔で頷き返した。

「それじゃ、いただきます」

お勝が音頭を取ると、子供たちは、

「いただきます」

待ちかねたように箸を取って、湯気の立つ雑煮の椀を手にした。

椀には、餅の他に芋や大根、かまぼこが入っている。

小皿には昆布巻きと塩鮭、小鉢には大根と人参の膾がある。

「美味しいね」

お琴が口にすると、

「うん、美味しい」

すかさず、お妙が応えた。

幸助はひたすら餅に挑みかかっている。

「沢木ですが」

路地から声が掛かると、

「ついでに庄次もおります」

と、声が続いた。

「どうぞ」

お勝が返事をすると、外から戸が開けられ、住人の沢木栄五郎と左官の庄次が土間に足を踏み入れた。

「明けましておめでとうございます」

栄五郎の挨拶に、

「本年もひとつよろしゅう」

庄次が続く。

「こちらこそ、よろしくお願いします」

お勝とお琴が挨拶をすると、

「お師匠様、おめでとうございます」

幸助とお妙は、丁寧に頭を下げた。

二人は、谷中瑞松院の手跡指南所に通っている身ということもあり、そこの師匠である栄五郎には、普段から丁寧に接している。

「もしかして、お二人とも外からの帰りですか」

「えぇ。湯島聖堂近くの坂の上から初日の出を拝みまして」

栄五郎は、お勝に頷いた。

「表でばったり先生と会ったもんだから、おれもついでに挨拶にさ」

「庄次さんはどこに行ったんだい」

「両国橋(りょうごくばし)ですよ。いやいや、久しぶりに初日の出を拝むと、つい先々のことを考えてしまってねぇ」

「ほう」

感心したような声を洩(も)らしたのは栄五郎である。

「なんていうのかね、親方の元で修業してそろそろ十年だ。もうそろそろ一本立ちして、てめぇの看板を掲(かか)げてみてぇなぁなんてさ」

「そりゃあ、いいね」

後押しをしたい気持ちを、お勝がその声に込めると、

「看板を掲げた暁(あかつき)には、いい女と所帯を持ちたいとも思うんだ」

庄次は、目尻を下げた。

「庄次さん、それは駄目」

「どうしてだい、お妙ちゃん」

「だって、二兎(にと)を追う者は一兎(いっと)をも得ずって言うんだよ。ね、お師匠様」

「そういう諺(ことわざ)も、あることはあるね」

栄五郎が苦笑いを浮かべると、

「沢木先生よぉ、寺子屋でそんなしみったれたこと教えちゃいけませんよ。子供には、大望を抱けばなんとでもなるっていうようなことを教えないと、先行きが真っ暗になってしまいますぜぇ」

不満げな物言いをした庄次は、肩を怒らせたようにして両腕を組むと、まるで役者のような見得を切った。

元日の日が大分西に傾いている。

根津権現門前町の表通りは、近所の子供たちが凧揚げや手鞠に興じる姿がそこここで見かけられた。

中には羽根突きをする女児もいるが、羽根が風に流されて難儀している。

空の塵取りを手にしたお勝は、『ごんげん長屋』の木戸口近くに立って、表通りの様子に眼を遣っていた。

長屋内にある稲荷の祠の周りや井戸端辺りの落ち葉を掃き取って、木戸に近いところにある芥溜に捨てたばかりである。

「凧揚げしてくる」

そう言って、幸助が家を出たのは四半刻前だった。

近所の子供たちに交(ま)じって凧揚げに興じている幸助の姿が眼に留まった。

朝方は、暮れのうちに買っておいた絵凧を揚げるのに四苦八苦していたらしいが、今見ていると、コツを摑(つか)んだものか、うまく揚げている。

表通りには、遊ぶ子供たちだけではなく、家族連れや職人仲間らしき一団の行(ゆ)き交(か)いが見られる。

今年の恵方(えほう)にある寺社に赴(おもむ)いて、年神(としがみ)様に挨拶に行った帰りなのかもしれない。

『ごんげん長屋』にいたお勝と子供たちは、朝からのんびりと時を過ごした。

幸助は凧を手にして表へ飛び出していったが、家に残ったお勝とお琴、それにお妙は〈いろはかるた〉に興じた。

「おっ母さん」

突然、お琴の声がした。

「たった今、貸本屋(かしほんや)の与之吉(よのきち)さんから聞いたけど、左官の庄次さんや十八五文(とおはちごもん)の鶴太郎(つるたろう)さんが、家を出るらしいよ」

駆けつけるなり、お琴は声を低めた。

そのことで、住人の何人かが大家の伝兵衛の家に集まっているとも口にした。

「お妙なんか、庄次さんが家を出るのは、今朝、二兎を追う者は一兎をも得ずと言ったせいじゃないかって、半べそをかいてる」

「わたしはこのまま大家さんの家に行くから、お前は晩の支度を始めておくれ」

そう言いつけて踵を返したお勝は、『ごんげん長屋』の木戸へと足を向けた。

二

『ごんげん長屋』の大家、伝兵衛の家は、表通りから木戸を潜って入り、井戸端を左に曲がった先にある。

平屋の一軒家には長火鉢のある居間と隣の寝間、それに縁のついた座敷があり、独り者には広すぎる感はあるが、人が集まる寄合などにも使わせてくれるので、住人たちにはありがたい場所だった。

「お邪魔しますよ」

戸を開けて声を掛けたお勝は、

「こっちだよ」

伝兵衛の声を聞くと、いくつもの履物が並んでいる隙間に下駄を脱いで土間を上がった。

居間に入ると、長火鉢の周りに、伝兵衛をはじめ、庄次、鶴太郎、それに岩造とお富の顔まで並んでいた。

「まさか、お富さんたちまで家を出るって言うんじゃないだろうね」

声を低めたお勝は、岩造と庄次の間に膝を揃える。

「みんな、今いるところを出たいと言い出してね」

伝兵衛の声は落ち着いている。

「『ごんげん長屋』を出てどこへ行くって言うのさ」

お勝がお富たちを見回すと、

「おれらは出ないよ」

岩造は、片手をひらひらと横に振った。

その横で、お富が真顔で頷いた。

すると、

「おれは今、店賃が二朱の九尺三間で寝起きしてるんだが、独り者にはどうももったいねぇということに、昨夜、ふと気づいたんですよ」

ぐいと身を乗り出した庄次は、樽ころをしていた国松とその一家が、年も押し詰まった先日、『ごんげん長屋』を出て、仕事先の霊岸島に近い八丁堀に引っ越していったことを思い出したという。

今なら、国松一家三人が住んでいた九尺二間が空いているはずだということにも庄次は気づいた。

「今の家からそこに住み替えれば、月々の店賃は一朱と百五十文だから、毎月百文は安くつくって寸法なんだよ」

「庄次さんからその話を聞いて、独り者のおれにしても、何も今の九尺三間に住まなくったっていいじゃないかと思ったわけです」

鶴太郎はそう言うと、岩造とお富の方に顔を向けた。

「鶴太郎さんから、家を取り替えないかと声が掛かりまして、それで女房にお伺いを立てた次第で」

「うちは子供もいないし、今の九尺二間だって構やしないけど、いろいろものも増えてきたし、たとえ一間（約一・八メートル）でも、広くなるのはありがたいじゃないかということになりましてね。この人も、店賃が百文上がったからって、びくともするものかなんて言ってくれましたんで、えぇ」

お富はお勝を見て、声を出して笑った。

「つまりですな、庄次さんが、九尺二間の棟の、国松さん一家の後に入り、鶴太郎さんが岩造さん夫婦と入れ替わって住むと、こういうことなんですよ」

伝兵衛は、お勝にわかるように嚙み砕いて話した。

「ということは、うちの隣にいた庄次さんは、向かいの棟の井戸端に一番近い家に入り、研ぎ屋の彦次郎さん夫婦と沢木先生の間にいた鶴太郎さんと、空き家の隣にいた岩造さん夫婦が入れ替わるってことだね」

「そそ。お勝さん、わずか二年ではありましたが、隣で世話になりました」

庄次が殊勝に頭を下げると、

「なんのなんの」

お勝は明るく笑って、片手を大きく横に打ち振った。

「となると、お勝さんの家の向かいと、庄次さんがいた家が空き家になるってことだ」

人差し指を立てて、虚空に何かを描いているお富は、空き家の場所を確認しているようだ。

正月二日は、前日とは打って変わって、朝から曇っていた。

雨雪になりそうな気配はないが、日の射さない陽気は、なんとも寒々しい。

だが、夜明けとともに町には活気が漲り始めた。

朝の暗いうちから、表通りに人の声や荷車の車輪の音が響き渡り、夜が明けると、太鼓や笛、鼓の音が加わった。

商家は初商いの荷の積み下ろしで忙しく、通りには縁起物の獅子舞や三河万歳の一行が溢れていると思われた。

お勝が番頭を務める質舗『岩木屋』も、二日が仕事始めだった。

根津権現社の南側に、境を接するようにある『岩木屋』も、さらに南方にある『ごんげん長屋』も町名は根津権現門前町と言い、他所の町と比べるとその範囲はかなり広い。

年が明けて初めて顔を合わせた奉公人たちは帳場に集まり、主の吉之助夫婦に新年の挨拶を済ませてから、いつも通り五つ（午前八時頃）に店を開けた。

店を開けるとすぐ、お勝と三十四になる手代の慶三は帳場に残った。

五十まであと一年と迫った蔵番の茂平と、質草の修繕を引き受けている三十六になった要助は蔵に入り、二十六になった車曳きの弥太郎は裏庭へと、それぞれの持ち場に散っていた。

お勝が、帳場の板張りに配されたふたつの火鉢に炭火を置いたとき、戸口の障子が開いた。

「年末に大掃除をしたせいか、土間も表も塵ひとつありませんね」

土間に入ってくるなり陽気な声を張り上げた慶三は、箒と塵取りを土間の片隅に立て掛けた。

「まぁ、そうだろうね。後は慶三さん、火鉢に鉄瓶を掛けておくれ」

「へい。番頭さん、その十能はわたしが台所に返しておきます」

「すまないね」

お勝が差し出した十能と火箸を手にすると、慶三は帳場の脇の暖簾を分けて、奥へと入っていった。

帳場に着くと、お勝は机の三方に巡らされた帳場格子に下がっている帳面を取って開く。

質草の預かり期限の迫ったものがないか確かめるのは番頭の仕事である。

突然、からりと腰高障子が開き、火消し半纏を着込んだ岩造が顔だけを突き入れた。

「お勝さん、改めて昨夜のお礼を申します」

「いいんだよ。『れ』組のみんなと挨拶に回ってるんだろうから、お急ぎよ」

「へい、それじゃ」

ぴしりと戸が閉まると、岩造の駆け出す足音が遠のいた。

岩造は、根津権現門前町近辺や、谷中感応寺（やなかかんのうじ）門前辺りまでを受け持つ火消し、九番組『れ』組の梯子持ち（はしごもち）である。

『ごんげん長屋』では昨日の夕刻、突然、三軒の引っ越しが行われた。

岩造夫婦と庄次、それに鶴太郎が、長屋内で住む家を入れ替わるというので、住人一同がそれに手を貸したのだった。

火事があって逃げるときに楽なようにと、江戸の者は余計な家財道具は持たないようにしているから、かさばるものといえば、茶簞笥（ちゃだんす）、寝具、七輪、行李（こうり）に鍋（なべ）釜（かま）くらいしかない。

どの家も、暮れのうちに大掃除を済ませていたから、一刻（約二時間）足らずで三軒の引っ越しは片付いたのだった。

障子戸の外を、三味線（しゃみせん）の音とともに女の歌声が聞こえて、通り過ぎた。

正月に現れる鳥追い女（とりおいおんな）が町を流しているようだ。

その後に、

〜宝船ぇ、宝船ぇ〜
縁起物の絵を売り歩く『宝船売り』の声が聞こえたかと思うと、やがてそれも遠のいた。

二日の初商いで賑わうのは物を売る店だけで、朝から数人の客はあったものの、案の定、質舗『岩木屋』に人が押しかけてくることはなかった。

朝から空を覆（おお）っていた雲は午後になってもとどまり、七つ時分（午後四時頃）ともなると、根津権現門前町一帯はすっかり薄暗くなってしまった。

お勝は慶三に頼んで、帳場に下がっている八方（はっぽう）に明かりを灯（とも）してもらった。

「ありがとう。これで帳面の字もよく見える」

そう言って算盤（そろばん）を手にしたとき、荒々しく戸の開く音がした。

「おいでなさいまし」

慶三が、羽織袴（はおりはかま）姿で土間に入ってきた二人の侍に声を掛けた。

侍二人の年恰好（としかっこう）は二十くらいと見えるが、腰には大小を差し、身に着けているものも安価な代物（しろもの）ではなさそうである。

「おい」

白皮(しろかわ)の柄(つか)の大小を差した長身の侍が声を掛けると、小柄で丸顔の連れは、大事そうに抱えていた風呂敷(ふろしき)包みを框(かまち)近くの板張りに置き、結びを解いた。

帳場を立ったお勝が土間の近くに膝を揃えると、その脇に慶三が控えた。

包みの中に、直径が一尺（約三十センチ）以上もある絵付けの大皿が二枚重ねてある。

「これは、当家が所有している家宝の大皿だが、ゆえあって、質入れせねばならぬ事態となった」

白柄(しらつか)を差した長身の侍は抑揚(よくよう)のない物言いをすると、重ねていた大皿を二枚に並べ、

「しかとはわからぬが、いずれも名のある陶工(とうこう)の手による大皿と聞く。ぜひとも、二十両で預かってもらいたい」

声こそ低いものの、睨(にら)むような眼差しをお勝と慶三に向けた。

「この皿が、どこのなんという窯(かま)で焼かれたものか、ご存じではございませんか」

「知らんが、値打ち物だと聞いている」

白柄の侍は、ぶっきらぼうな声を発した。

「申し訳ございませんが、わたくしどもでは、このお品はお預かりできかねます」

お勝が丁寧な物言いで断ると、

「品物を預かるのが質屋の商いではないか。何をもって断るのか、そのわけを聞こうではないか」

白柄の侍は、初めて怒りの籠もった声を発した。

「お話は奥に聞こえておりましたので、わたしから申し上げましょう」

奥から現れた吉之助が、お勝の横に並ぶと、

「主の吉之助でございます」

と、手をついて頭を下げた。

「その方が主なら、この女はなんだ」

「うちの番頭でございます」

「番頭のくせに、よくも断ったなっ」

眉間に皺を寄せた白柄の侍が、お勝を見据えた。

「今さっき、番頭が申しました通り、このお品をお預かりするわけにはまいりませんのです」

「なんだと」

白柄の侍は眼を吊り上げると、吉之助の方にぐいと体を半歩近づけた。

「この大皿の出所がわからないというのが、なんとも。せめて、箱書(はこがき)でもあればよろしいのですが」

「箱書——」

聞き覚えがないのか、呟(つぶや)いた白柄の侍が、連れを見た。

丸顔の連れは困惑したように、小さく首を捻(ひね)った。

「由緒(ゆいしょ)のある焼き物であれば、納(おさ)めている桐(きり)の箱に、どこの国のなんという窯のなんという陶工の手によるものかが、箱の表なり裏なりに書き記してあるのが箱書でございます」

吉之助が話をしている間に、お勝は立ち上がり、帳場の後ろに置いてあった桐の箱を両手で持ってきて、侍二人の前に置いた。

「番頭が置いたのは、青磁(せいじ)の香炉(こうろ)を納めた箱ですが、このように、箱の表には品物の由緒が記されております。こういうものがありますと、わたしどもとしても、値をつけやすいのでございます」

丁重(ていちょう)な物言いをした吉之助は、両手をついて深々と頭を下げた。

言い返す言葉が見つからず、白柄の侍は重々しく唸り声を上げると、

「今日は引き揚げる。市三郎、皿を持ってこい」

そう言い放って踵を返すと、大股で表へと出ていった。

市三郎と呼ばれた丸顔の侍は、大皿二枚を急ぎ風呂敷で包むと腹の前に抱え、白柄の侍の後を追って出た。

「番頭さん、今の大皿はいけないよねぇ」

「えぇ。有田の金襴手と鍋島藩の大川内焼に似てましたが」

そう返事をして、お勝は吉之助に小さく頷いた。

「あれは偽物ですか」

慶三が、密やかに問いかけた。

「はっきり偽物だと言ってしまうと、どんな騒ぎを起こすか知れないと思って堪えたんだよ」

「旦那さん、それでよかったと思いますよ」

「番頭さんの言う通りです。今の二人はどう見ても旗本の小倅でしょうから、下手なことを言うと、因縁をつけられてひどい目に遭っていたかもしれませんでしたよ。そんなのを相手に堂々と渡り合われた旦那さんには、感心してしまいま

した」

慶三は真顔でそう口にした。

「なぁに、傍に番頭さんがいてくれたから、大船に乗った気になれただけだよ」

「何を仰いますか」

笑って立ち上がったお勝はふと足を止め、

「旦那さん、厄落としに塩でも撒いておきましょうか」

「そうだね。塩を撒いたら、店じまいの支度をしようじゃないか」

吉之助は、お勝の問いかけに笑顔で応じた。

三

夕刻になって、空の雲がやっと切れた。

いつも通り七つ半（午後五時頃）に店を閉めると、お勝はそれからほどなくして質舗『岩木屋』を出て帰路に就いた。

日が西に沈む間際の根津権現門前町の表通りは、朝から初売りの人出はあったものの、普段の活気には遠く及ばない。

「お帰り」

『ごんげん長屋』の木戸を潜ったお勝に、井戸端のお琴から声が掛かった。

すると、立ち話をしていたらしい町小使(まちこづかい)の藤七(とうしち)とお志麻からも「お帰り」の声が飛んできた。

「ついさっき、家主の惣右衛門(そうえもん)さんと料理屋の女中さんが来て、正月祝いってことで、『喜多村(きたむら)』の折詰(おりづめ)を店子(たなこ)のみんなに配り終わったところなんだよ」

藤七が口にした惣右衛門というのは、料理屋『喜多村』のご隠居であり、『ごんげん長屋』の家主でもあった。

「夕餉をどうしようって思ってたところだったので、大助かりですよ」

お志麻が笑みを浮かべると、「うん」と声を出して、藤七は大きく頷いた。

「惣右衛門さんはすぐにお帰りだったのかい」

「ううん。伝兵衛さんの家に、お茶を呼ばれに行った」

お琴の返事を聞いて、

「ちょっと挨拶に行ってくるから、腹が空いたら先に食べてて構わないからね」

そう言うや否や、お勝は大家の伝兵衛の家へと足を向けた。

伝兵衛の家の戸口でお勝が声を掛けると、

「お入りよ」

家の中から伝兵衛の返事が届いた。

戸を開けて三和土(たたき)に足を踏み入れると、見慣れない男物の雪駄(せった)と女下駄が目に留まった。惣右衛門と女中の履物だろう。

お勝は三和土の隅で下駄を脱ぐと、上がり口からすぐのところにある障子を開けて、居間へと体を入れた。

「あ、女中さんというのは、おたねさんでしたか」

居間で膝を揃えたお勝は、惣右衛門の横で湯呑(ゆのみ)を手にした料理屋『喜多村』の女中頭(じょちゅうがしら)、おたねに気づいた。

「明けましておめでとうございます。ご隠居さんもおたねさんも、本年もよろしくお願いいたします」

お勝が手をついて賀(が)を述べると、惣右衛門とおたねからも祝いの言葉が返ってきた。

「お琴に聞いたら、なんでも、長屋の住人に折詰を配られたとかで」

「去年は菓子だったから、今年は夕餉のお供になるものがいいと思ってね」

笑顔でそう言うと、惣右衛門は湯呑を口に運んだ。

「まだ帰ってきてない人たちには」

お勝が尋ねると、

「いつ戻るか知れないから、家の中に置いてきたよ」

伝兵衛が答えた。

「赤飯と芋や椎茸こんにゃくの煮しめだし、この時季、ひと晩くらい置いても腐る気遣いはないと思いますよ」

「そうですね」

お勝は、折詰の中身を口にしたおたねに笑顔で頷いた。

長年にわたって料理屋『喜多村』の女中頭を務めている五十ばかりのおたねは、年下のお勝に前々から丁寧な口を利くので、いささか恐れ多い。

「いま伝兵衛に聞いたんだが、松が取れたら、新しい住人が入るらしいよ」

惣右衛門の言葉に頷いた伝兵衛は、

「一人は、三十半ばの、青物売りを生業にしているお六という人で、もう一人は、ほら、表通りの自身番の向かいの『弥勒屋』って足袋屋の治兵衛さんですよ」

『弥勒屋』の表はよく通るので知っているが、伝兵衛が口にした名の奉公人に心当たりはなかった。

「長年手代を勤め上げた末、去年の師走、四十半ばにしてやっと番頭になったという苦労人だよ」

伝兵衛の話に、お勝は得心がいった。

大きな商家の奉公人は住み込みがほとんどだった。

番頭になって初めて、外に住まいを持ち、通える身分になるのである。

「それとお勝さん、このおたねさんが、暇を取りたいと言い出したんだよ」

惣右衛門の口から、幾分、寂しげな声が洩れ出た。

「何も嫌になったわけじゃないんですから」

おたねは、片手を大きく打ち振って笑うと、

「五十ともなると、料理屋『喜多村』の長い廊下やいくつかの階段の上り下りがやけにきつくなったんですよ。それでまぁ、そろそろ身を引く時分かな、とね」

そう口にすると、おたねはふっと小さな笑みを浮かべた。

「『喜多村』を辞めて、それで」

お勝は声を低めて、おたねの方に軽く身を乗り出す。

「下総の佐原の乾物屋に養子に入ってる倅から、近くに来ないかって、以前から

誘われてはいたんですけど、なかなか踏ん切りがつかなくてね。そしたら、去年の師走に、この春三人目の子供が生まれるから、なんとしてもおっ母さんの手が欲しいって文をよこしてきたんですよ。それでわたしもとうとう、年貢を納めることにしました」

「暮れにそんな事情を打ち明けられたときは参ったが、めでたい話だから、わたしは喜んで送り出すことにしたんだよ」

惣右衛門は、しみじみと述べた。

「それで、佐原にはいつ」

頷いたお勝は、おたねに問いかける。

「それは、女将さんと相談してからと思って」

「日にちが決まったら、知らせてくださいね」

お勝の申し出に、おたねは大きく頷き返した。

松が取れた七日、根津権現門前町界隈は朝から夕刻まで穏やかな陽気だった。

日が暮れたらどうなるかわからないが、西の空に夕焼けが見えたから、急変することはあるまい。

お勝は、日を重ねるごとに活気を取り戻している表通りを『ごんげん長屋』への帰途に就いている。

獅子舞や太神楽、三河万歳、鳥追いたちが、灯ともし頃の通りを足取り重く、無言で行き交っていた。朝から江戸の町々を巡り巡って、疲れ果てたようだ。

お勝が『ごんげん長屋』の木戸を潜ると、明るみの残った井戸端に、住人のお富、お啓、藤七が固まって、路地の方に眼を向けていた。

「何ごと」

お勝は思わず声をひそめると、

「大家さんが、新しい店子を連れてみんなに引き合わせてるんだよ」

藤七が教えてくれた。

「みんなが揃うのを待ってちゃ埒があかないから、とりあえず、今いるわたしたちだけでもと、連れ回ってるんだよ」

お啓もお勝に向かってそう続けた。

「出てきた」

お富の声を聞いて路地の方を見ると、お勝の家の隣から伝兵衛が出てきた。その後ろから、四十代半ばにしては年かさに見えるお店者と、紺と鼠色の棒縞の着物の年増女が相次いで路地に姿を現した。

「伝兵衛さん、お勝さんが帰ってきましたよ」

お富の声に、

「おぉ、ちょうどよかった」

伝兵衛は、お店者と年増女を連れて井戸端にやってくると、足袋の『弥勒屋』の番頭、治兵衛と、青物売りのお六だと言って、お勝に二人を引き合わせた。

「お初にお目にかかりますが、質舗『岩木屋』のお勝さんの名は、よく耳にしておりました」

治兵衛は、深々と腰を折り、

「今日からお隣に住まわせてもらうことになりましたので、よろしくお願いいたします」

「こちらこそ」

お勝も軽く腰を折った。

「こちら様とは、わたしは、路地を挟んだお向かいに入ることになりましたので、ひとつよろしく」

日に焼けた顔のお六は、首回りも太く、着物の上からでも肩の肉の厚みが窺える。

「うちには子供が三人いますので、騒がしいこともあるかと思いますが、遠慮なく叱り飛ばしてください」

「とんでもない。さっき三人には会いましたが、よく出来たお子たちでしたよぉ」

笑みを浮かべたお六の口には、やけに白い歯があった。

「おお、何ごとだい」

左官屋の半纏を身に纏った庄次は、そう言いながら表通りから急ぎ足でやってくると、辰之助夫婦とお勝の家の間にある家の戸に手を掛けた。

「そこは違うよ」

藤七から声が掛かると、

「いけねぇ」

庄次は戸に掛けた手を慌てて引っ込めた。

「庄次さんがいたところには、今日からこの治兵衛さんが入るんだよ」

伝兵衛が治兵衛を指し示すと、

「そりゃどうも」

庄次は、片手をひょいと挙げて会釈をした。

「それで、こちらのお六さんが、与之吉さんと鶴太郎さんの間の」

「けど、その家は」

伝兵衛の言葉を断ち切るように口を挟んだ庄次は、後の言葉を呑み込んだ。

すると、お六がおかしそうに笑い声を上げ、

「わたしが入る家は、長いこと空き家になっていたことは聞きましたよ。人が住んでも長く居つかないことも、それがどうしてだかわけがわからないということも、承知のうえで決めましたんで、どうか、ご心配なく」

「どうせ、誰かがそのうち言いふらすに違いないから、前もって知らせることにしたんだよ」

「お六さんに正直に話して、よかったんじゃありませんかねぇ」

お勝は、伝兵衛の決断に同意を示した。

「わたし、祟りとか言い伝えなんてもの、ほとんど気にしませんから、ご心配なく」

そう言うと、お六はくくっと、面白がるように含み笑いをした。

四つ（午前十時頃）を知らせる時の鐘が鳴ってから、ほどなく半刻（約一時間）が経つ頃おいである。

松が取れた翌日の八日、質舗『岩木屋』は店を開けるとすぐさまひっきりなしに客が訪れた。こういう日は主人の手も借りるのだが、吉之助はあいにく他行中で、お勝と慶三の二人で対応せざるを得なかった。

質入れや、預けていた質草を引き取りに来る客もいたが、『損料貸し』の客もそこそこやってきたのが予想外だった。

金の工面ができずに、質入れした品物を請け出せない客も少なくはない。

そんな事情で蔵に眠った質流れの品物を、貸し賃である損料を取って貸し出すのを『損料貸し』といい、『岩木屋』は質屋と損料貸しを兼ねている。

損料貸しの品物は、蔵にさえあれば、なんでも貸し出す。

刀剣や焼き物、着物に褌、塗りの膳、高足膳、屛風に衝立、餅搗きの臼や杵、炬燵や火鉢、妓楼で使う夜具までと、品目は多岐にわたっている。

それらを一日だけ貸し出すこともあれば、季節のものになると、ひと月貸し、半年貸しにも応じていた。

店を開けてから一刻半（約三時間）近く絶えなかった客も、ようやく姿が消えて、お勝と慶三は板張りの火鉢を挟んで座り込み、茶を一服飲み終えたところだった。

「おいでなさいまし」

出入り口の戸が開けられる音がして、慶三が声を上げた。

入ってきたのは、羽織袴姿の二本差しの若侍三人である。

「これは」

お勝は、先頭に立った侍と、殿（しんがり）から大きな風呂敷包みを抱えて入ってきた侍の二人に見覚えがあった。

「たしか、この二日に、大皿をお持ちになったお方ですね」

お勝と並んで座った慶三が、丁寧な口を利いた。

「俺は初めて来た」

妙に顎（あご）の骨の尖った細眼の侍は、お勝と慶三を睥睨（へいげい）するように眼を細め、低い声で凄（すご）みを利かせた。

「それで、今日はどのようなご用でしょうか」

「おい」

白柄の刀を腰に差した若侍は、お勝の問いかけには答えず、背後に声を向けた。二人の侍の背後に控えていた小柄な侍は静々と前に出ると、抱えていた風呂敷包みを板張りに置く。

「市三郎、箱を見せてやれ」

白柄の刀を差した侍の声に、市三郎は風呂敷包みの結びを解き、二段重ねになっていた桐の箱を横に並べた。

「この前欲しいと口にした箱書だ」

そう言うと、白柄の侍は箱書の記されたふたつの桐の箱の蓋を取り、納められていた大皿を披露した。

箱に納められていた皿は、六日前、質入れにと持参した二品と同じものである。

「この箱書があるなら、二十両で引き取れるだろう」

白柄の侍は、物腰も物言いも相変わらず尊大である。

「番頭さん、いかがなもんでしょうね」

慶三の声には、明らかに戸惑いが滲んでいる。

「いくら箱書をお作りになられましても、中の品物は、六日前にお持ちになったものと同じでございますからねぇ」

お勝が穏やかな声でそう述べると、

「どういうことだっ」

白柄の侍は眉間に皺を寄せた。

「こちらの伊万里焼と書かれている箱の皿は、金襴手様式の肥前の有田焼のようでございます。伊万里の港から船積みされたことから伊万里焼と称されておりますが、厳密には有田焼なのです。その他に、三川内焼や鍋島焼も、諸方では伊万里焼という名で通っております」

「番頭とやら、能書きはいいから、これを言い値で預かるのかどうかの返事が欲しいのだ」

他の二人よりは二つ三つ年かさの、顎の尖った侍は、再び凄みを利かせた。

人を増やせば質屋に威圧をかけられると踏んだのかもしれない。

「この有田と鍋島を、二十両で引き取れと申されますか」

お勝の物言いは、依然落ち着いている。

「無理ならば、十五両でもよい」

白柄の侍は簡単に値を下げた。

「お侍様、これがもし本物の色鍋島であり、有田の金襴手なら、二品合わせて百両は下らない逸品(いっぴん)でございますよ」

お勝が、静かな口調でそう言うと、

「ひゃく——！」

白柄の侍は言葉を途中で呑み込んだ。連れの若侍二人も口を半開きにして、息を呑む音を喉(のど)の奥から微(かす)かに洩らした。

「ですが、色鍋島と有田の金襴手に似せたものですから、大皿二枚で一朱でしたら、お預かりさせていただきます」

穏やかな声でお勝が告げると、

「われらが、よりによって偽物を質屋に持ち込んだと申すのか」

「いいえ」

即答したお勝は、さらに、

「これが本物の有田焼の金襴手なら、市中に出回ることもなくはないでしょう。ですが、この鍋島焼は、肥前鍋島藩の窯でして、将軍家に献上し、諸大名家や大(たい)身(しん)のお旗本あたりに贈答するために用いられる品でございますから、町中の売り買いで手に入るというものではないのです」

焼き物の能書きを聞かされた三人の若侍たちに声はなく、顔には緊張が貼りついた。

「これらの品を、どこで手に入れられたのか、お尋ねしとうございます」

「そのようなことを、何ゆえ、いちいち言わねばならんのかっ」

白柄の侍が、憤然とした声を上げた。

「わたしどもの商いは、お上のお指図によって、出所の不明な高価な品物、盗品と思われるものは、お役人に届け出るよう申しつかっております」

「われら旗本を、盗人呼ばわりするのかっ」

顎の尖った侍が吠え立てると、刀の柄に手を掛けた。

そのとき、風呂敷包みを抱えて入ってきた商家の女房風の女が、ただならぬ気配を察したのか、ぎくりと凍りついた。

「お侍様、品物をお持ちになって、話は表で」

急ぎ履物を履いたお勝は、若侍たちの先に立って店の表に出た。

すぐ後に、白柄と、顎の尖った侍が続き、市三郎と呼ばれた侍は、ふたつ重ねた桐の箱を抱えて、最後に出てきた。

「二十両十両とは言わん。桐の箱を用意するのに二分を使ったのだ。せめて一両は貰い受けたい」

「洋之助、待て。いやしくも、天下の旗本のわれらを盗人呼ばわりしたんだ。せめて五両はいただく。嫌だと言うなら、無礼打ちにしてくれる」

顎の尖った侍が、またしても刀に手を掛けた。

「こんな場所で人をお斬りになると申されますか」

お勝が、落ち着いた物言いをすると、刀に手を掛けた侍は戸惑ったようだが、

「町人を叩き斬っても、無礼打ちで方はつく」

「それはどうでしょう。この裏の根津権現社は、五代将軍様の時分から強いゆかりのお社ということは、ご存じのはず。その門前町で、将軍家のご家来が、根津権現社の氏子を斬ったとなると、ちと面倒なことになりはしませんか」

ことを分けて話をしたお勝を前に、三人の侍はにわかに体を強張らせた。

「『岩木屋』さん、今年もよろしくっ」

根津権現社の方から現れた二十人ばかりの一団から、お勝に声が掛かった。

揃いの火消し半纏を着込んだ、九番組『れ』組の纏持ちや平の火消し人足たちが、『岩木屋』の表で足を止めた。

人足の列の中にいた岩造が、笑顔で会釈を向けた。

「お勝さん、表で何ごとですか」

顔馴染み（かおなじ）の纏持ちが、侍たちにも眼を向けて、お勝に尋ねた。

「いえちょっと、お得意様に、新年のご挨拶を」

お勝が笑顔で答えると、

「それじゃ、あっしらは」

纏持ちから声が掛かると、火消しの一団は足音を立てて駆け去っていく。

「覚えておれっ。このままじゃ済まさん」

白柄の侍がくぐもった声を発して踵を返すと、他の二人も袴の裾（すそ）を蹴飛ばすようにして、不忍池（しのばずのいけ）の方へと足早に去っていった。

四

鐘の音がやけに近くから聞こえた。

上野東叡山（うえのとうえいざん）で撞（つ）かれる鐘が、風向きのせいで間近に聞こえることがときどきある。

何の気もなく数えると、鐘は十一回撞かれた。

三回は捨て鐘だから、八つ（午後二時頃）を知らせる時の鐘だった。

「それはやっぱり、旗本の小倅たちに違いありませんよ」

吉之助はそう言うと、うんうんと大きく頷いた。

ほんの少し前に『岩木屋』に戻ってきた吉之助は、箱に入った大皿を持ち込んだ若侍の一件を慶三から聞くと、帳場のお勝に語りかけたのだ。

「そういう連中の悪行は、同業の間でも困りものだということですよ」

吉之助が同業者から聞いたのも、大皿を質屋に持ち込む旗本の小倅たちの所業だった。そのやり口は理不尽(りふじん)そのものだという。

まず、料理屋に大皿料理を注文し、屋敷に運ばせる。

するとすぐ、料理を捨てて皿を洗い、乾(かわ)かした後、質屋に持ち込むというのだ。そこでいくばくかの金を手に入れるのが狙いなのだ。

皿を戻すよう願い出る料理屋には、料理の残りを皿ごと知り合いに渡したなどと言い逃れたあげく、質屋に入れたのだが、請け出す金がないと言って開き直る。

すると料理屋は、旗本を相手に揉(も)めごとを起こすことを避け、泣く泣く質草になった皿を買い戻すことになったようだ。

「旗本の小倅どもの悪い噂(うわさ)はよく耳にしますが、どうしてここまではびこるんですかねぇ」

慶三は、しみじみとため息をついた。

「いらっしゃいませ」

戸の開く音がして、すぐに吉之助が声を発した。

「谷中善光寺前町の『喜多村』から参りました」

年の頃十五、六の襷掛けの娘が、土間に入ってそう口にし、

「番頭のお勝さんに、言付けを預かってきました」

とも言い添えた。

「お勝はわたしだけど」

「『喜多村』の大旦那様のお知り合いの崎山様が、根津権現社の楼門においで願いたいと申しておいでなのですが」

「今からかい」

お勝が不審そうに尋ねると、

「はい」

使いの娘は、大きく頷いた。

お勝は、首を傾げながら根津権現社へと足を向けている。

料理屋『喜多村』から使いに来た娘が帰っていくとすぐ、

「帳場にはわたしが座るよ」

吉之助に促されて、お勝は『岩木屋』を出たのである。

料理屋『喜多村』からの使いが口にした『崎山様』というのは、旗本、建部左京亮家の用人、崎山喜左衛門のことだろう。

表参道から境内に入ると、神橋を渡り、豪壮な楼門を潜ったところでお勝は足を止めた。

案の定、幾分俯きがちの崎山喜左衛門が、落ち着かなく行ったり来たりする姿が眼に留まった。

すぐにお勝に気づいた喜左衛門は、「お」と声を上げて近づき、

「知らせておかなければならないことが持ち上がってな」

小声でそう言うと、楼門の横手へとお勝を導く。

「そなたの、いや、建部家の後嗣、源六郎様が、日本橋亀井町の近藤道場に通われているのが、つい先日明らかになったのじゃよ」

喜左衛門の口から、思いもしないことが飛び出した。

源六郎というのは、建部家に女中奉公していた頃、当主、建部左京亮の手がつ

いて、二十年ほど前、お勝が産んだ男児である。

幼名は市之助だったが、元服して源六郎と名乗っていることは、昨年、喜左衛門から聞かされていた。

左京亮の正室は、奉公に上がった旅籠屋の娘が後嗣の母だとは認めがたく、屋敷から追放しようと図って、用人の喜左衛門をお勝の説得に当たらせた。

当初は頑なに拒んでいたお勝も、喜左衛門の誠実な説得に折れて、赤子を残して建部家を去ったという経緯があり、それ以後絶縁していたのである。

それから十八年が経った昨年の十一月、喜左衛門と久しぶりに対面することとなった。

そのとき、左京亮の側室であるお初の方に、男児、左馬之助が生まれたことで、建部家内では、源六郎側の正室と、左馬之助側との間で後嗣問題がくすぶり始めていると聞かされた。

だが、そのことにお勝の関心はなく、以後、建部家の内情などは知らせてくれるなと喜左衛門に釘を刺していたのだ。

それが、こともあろうに、お勝と幼馴染みである近藤沙月の夫が師範を務める道場に、源六郎が通っているというのは、想像だにしなかったことだ。

「お勝さん、信じてもらいたい。このことを事前に知っていれば、それがしは留め立てしたのだ」

冷え冷えとした境内にもかかわらず、喜左衛門の額には汗が噴き出している。

源六郎は何年も前から九段坂の一刀流の道場に通っていたと喜左衛門は口にした。ところが、建部家の家臣の誰かから、かつて修練していた近藤道場の評判を耳にして、源六郎はあえて、香取神道流という他流派の道場で剣術の向上を目指したということのようだ。

「であるから、当家と絶縁したそなたに、ことさら近づこうとしているのではないということは、どうかわかっていただきたい」

そう口にすると、

「ゆえに、今後ともそれがしとの交誼は続けてもらいたい」

喜左衛門は白髪頭を深々と下げた。

「それは、承知しました」

お勝が答えると、喜左衛門は大きく息をついて、「それがしはこれで」と断り、表参道口へと足早に去っていった。

見送ったお勝の口から、小さなため息が洩れた。

『お勝という幼馴染みが、かつて建部家に奉公に上がっていたのですよ』

道場に通う源六郎と話をした沙月が、何の気なしに口を滑らせるという不安がある。

とはいえ、源六郎が物心ついた頃には、お勝はすでにお屋敷を去っていた。とすれば、お勝という名も顔も、源六郎の記憶にはないということになる。

あれこれ考えながら表参道口へと歩き出したお勝は、『ことさら騒ぎ立てることはあるまい』と胸の内で呟くと、大きな鳥居を潜った。

そのとき、石灯籠の陰に佇んでいたひとつの人影に気づいた。

お勝は気づかないふりをして、石灯籠の横を悠然と歩く。

袴を穿き、刀を腰に差した姿から、侍であることはわかったが、顔は隠れていた。

お勝が通り過ぎても、人影が動く気配はない。

だが、石灯籠から覗いていた袴が璃寛茶と金茶の棒縞だと気づいた。

昼前、『岩木屋』に現れた三人の旗本のうち、市三郎と呼ばれた若侍が穿いていた袴と同じ柄であった。

西の空に日が沈んでから一刻は経っている。

夕餉を摂った後、『ごんげん長屋』を出たお勝は表通りに出た。

すると、通りに出た途端、冷たい風が首を掠めていった。

表通りから奥まったところにある長屋というものは、周りに建っている家々が風除けになっているのだということに気づかされる。

だが、根津権現門前町は、料理屋をはじめ、様々な商家や岡場所の明かりが夜ごと灯り、幾分か、寒さを忘れさせてくれる。

「今夜、二人きりで話をしたい」

根津権現社で崎山喜左衛門と会った日の夕刻、料理屋『喜多村』の女中頭のおたねが『ごんげん長屋』を訪ねてきて、そんな申し出をしたのだ。

お勝に異存はなく、六つ半（午後七時頃）に表通りの居酒屋『つつ井』で待ち合わせをすることに話は決まっていた。

『ごんげん長屋』から表通りに出て、根津権現社の方へ半町（約五十五メートル）ばかり行った左側に、桶屋と瀬戸物屋に挟まれて、『つつ井』はある。

煮炊きの煙で変色した腰高障子を開けて足を踏み入れると、

「いらっしゃい」

潰れたような声を張り上げたお運び女のお筆(ふで)が、

「そこでお待ちだよぉ」

板張りを手で指し示した。

板張りに膝を揃えているおたねの姿を見つけたお勝は、急ぎ土間を上がり、おたねと向かい合った。

「あたしも夕餉は済ませてきたから、お勝さんが来たら酒をと頼んでおきましたよ」

「さすがおたねさん、抜かりがありませんね」

お勝が笑みを浮かべると、おたねもつられて笑みをこぼした。

客は六分ほどの入りでうるさくもなく、話をするにも、声を低める気遣いも必要なさそうである。

二合徳利(にごうどっくり)と肴(さかな)を二品置くと、

「用があったら声を」

そう言い残して、お筆は他の客の方に酒を運んでいく。

「最初だけ」

というおたねの申し出に応じたお勝は、交互に酌(しゃく)をしあい、二人揃って盃(さかずき)に口をつけた。

「お勝さん、あたしは今度の藪入りの日に、江戸を離れることになりましたよ」

おたねが、静かに口を開いた。

「十六日ですか」

お勝は、呟きを洩らした。

「その前日に倅が佐原から出てきて江戸に泊まるんで、その翌日、二人して発ちます。日が近くなると慌ただしくなりますんで、お勝さんとは今のうちに会っておきたかったんですよ。お礼も言いたかったしね」

そう口にして、おたねは盃を傾けた。

「おたねさんに礼を言われる覚えはありませんがね」

「ありますよ」

おたねは笑みを浮かべて、盃を床に置いた。

「お勝さんが、『喜多村』の女将さん夫婦の二人のお子の世話係として雇われて来たのは、たしか、十五年ほど前でしたねぇ」

「えぇ」

お勝は頷く。

当時、『喜多村』の女将となって間もない惣右衛門の娘の利世は仕事に追われ、婿の与市郎も料理屋の修業に勤しんでおり、幼い二人の子供の面倒を見る余裕はなかったのだ。

そこで、惣吉とお甲という幼子の世話係として雇われたのがお勝だった。

「それから三年が経った時分でしたかね。大旦那さんがお勝さんに、料理屋『喜多村』の女中頭にならないかと持ちかけたらしいって噂が奉公人の間に広がったんだった」

「でも、おたねさん」

お勝は口を挟んだが、おたねは構わず、

「そりゃ、あたしも気落ちはしましたよ」

と、話を続けた。

「でも、すぐに思い直しました。惣吉さんとお甲さんの世話をするのが務めのお勝さんが、『喜多村』が忙しいときは、お膳運びにも駆り出されることがたびたびあったじゃありませんか。それればかりか、退屈しているお座敷のお客さんの話し相手になって和ませてもくれた。そのうえ、読み書き算盤もできるお勝さんには、あたしも感心したもんです。女中頭にと思う大旦那さんの気持ちは、もっとものことだと思いましたよ。あたしは、お勝さんより十も年上だ。これからの料理屋『喜多村』には、若い女中頭がいいのだと気づいたんだよ」

「いえ、おたねさん」

お勝が口を挟むと、

「あたしは女中頭から身を引こうと腹を括ったのに、それを止めたのはお勝さんだった」

おたねは、お勝の言葉をやんわりと封じた。

「あんたはいきなり、なんの前触れもなく、惣吉さんとお甲さんの世話係を辞めて『喜多村』から去っていくんだもの。あれから十二年、あたしはとうとう今日まで、女中頭にとどまることになってしまいましたよ」

「おたねさんの人徳ですよ」

お勝は、正直な気持ちを口にした。

「あたし、その後いろいろ考えたんだよ。お勝さんがいきなり世話係を辞めていったのは、辞める気になったあたしを『喜多村』に残すためだったんじゃないかってね」

おたねが言い終わるや否や、お勝は笑い声を上げ、

「そんなことはありませんよぉ。おたねさんが店を辞める気になっていたなんて、あの時分、わたしは知りませんでしたから」

右手を横に大きく打ち振った。

「いいんですよ。いくら鈍いあたしだって、そのくらいの察しはつきますよ。お勝さんだって、あの頃のあたしの迷いを察していたに違いなかったはずだよ」

淡々と口にすると、おたねはお勝に向かって両手をついた。

「おたねさん、なんのまねです」

「下総に引っ込んでしまえば、二度と江戸に来ることはないから、改めて礼と、詫びを言わせておくれ」

「おたねさん」

「あんたには、何かと気を使わせてしまったねぇ。すまなかったよ」

両手をついたおたねが、板張りに額をつけるくらいまで頭を下げた。

お勝も、深々と頭を下げた。

「さっきからなんだい、酒が減ってないじゃないか。ほれ」

二合徳利を鷲摑みにしたお筆が、土間に立ったまま二人の盃に酌をすると、空いた器を持って板場に戻っていった。

「それじゃ」

お勝が盃を掲げると、おたねが倣(なら)い、二人は同時に飲み干す。

「それで、女中頭の後釜(あとがま)は？」

「十五の年から働いてくれてた、お照(てる)が務めることになりました」

「あぁ、お照さんですか」

「ときどきはお勝さんも『喜多村』に顔を出して、お照に口出しをしてもらいたいもんです」

「なぁに。若い時分からおたねさんに躾(しつ)けられたお照さんなら、心強いじゃありませんか。料理屋『喜多村』は当分大丈夫ですよ」

「ほんとにありがとう」

そう言うと、おたねが徳利を手にした。

お勝は盃を手にして、おたねの酌を受けた。

五

小伝馬町(こでんまちょう)の辺りから大川(おおかわ)まで南北に貫(つらぬ)く浜町堀(はまちょうぼり)の両岸は、珍しく静かだった。正月と盆の十六日前後は、お店の奉公人が休みを貰う藪入りである。

江戸市中に家のある者はこの日親元に帰れるが、それができない者は、繁華な町に繰り出したり芝居見物をしたりして、一日を過ごす。

お勝が番頭を務める『岩木屋』は、手代の慶三、車曳きの弥太郎、修繕係の要助が休みを取るので、例年通り、店は閉めた。

この日、日の出前に『ごんげん長屋』を出たお勝は、日本橋小網町三丁目の行徳河岸に駆けつけていた。

迎えに来た倅とともに下総の佐原へと発つ、おたねを見送りに来たのだった。

料理屋『喜多村』の隠居、惣右衛門の口利きで、おたねと倅は葛西の先の行徳まで行く荷船に便乗することになったのである。

おたねの乗った船が河岸を離れ、霊岸島新堀へと切れ込んでいくまで見送った後、お勝は久しぶりに馬喰町の方へと足を向けていた。

馬喰町一丁目には、かつては『玉木屋』という旅人宿を営んでいた生家があったが、二十年ほど前、近隣から出た火によって焼失し、同時に、二親と実の兄を失った。だが、馬喰町近辺には幼馴染みや知人も多く、墓参りの帰りや近所に来たときには、立ち寄ることにしていた。

馬喰町一丁目に架かる土橋まで歩を進めてきたお勝は、ふと足を止めた。

少し先の亀井町まで足を延ばしてもいいのではないか——そんな思いに駆られた。

亀井町には、門人だった筒美勇五郎を婿に迎えて、亡父の近藤道場を継いだ幼馴染みの近藤沙月がいる。

そこへ顔を出すのも悪くはないではないか。

思い立ったお勝は、馬喰町からひとつ北側にある橋へと向かい、その袂を左へと折れた。

その通りには、竹刀のぶつかる音と男たちの発する気合いが響き渡っていた。

おそらく、五つ（午前八時頃）からの朝稽古が始まっていると思われる。

お勝は、扉のない木戸門を潜ると、道場と棟続きになっている道場主の住まいの方に回り込んだ。

「おはよう」

出入り口の戸を開けて三和土に足を踏み入れ、お勝は声を上げた。

左へ延びる廊下の方からは、竹刀の音と気合いが届く。

正面奥へ延びた廊下に沙月の姿が現れ、

「やっぱりお勝ちゃんの声だった」

そう言いながらつつつっと早足で近づいてくると、お勝の眼の前でぴたりと足を止めた。そして、

「いらっしゃい」

沙月は嬉しそうに笑みを浮かべた。

「下総に行く古い知り合いを見送りに、行徳河岸に来たのよ」

小さな庭に面した居間に通されたお勝は、火鉢の前に着くなりそう述べた。

茶の葉を入れた急須（きゅうす）に湯を注ぐと、沙月は鉄瓶を五徳（ごとく）に載せる。

するとすぐ、鉄瓶からちりちりと湯の音がした。

「三人の子供たちに、変わりはない？」

沙月は、湯呑に茶を注ぎながら尋ねた。

「おかげでみんな元気に年を越したわよ」

「そうね。お勝ちゃんとこの子は、きっと丈夫に出来てるはずよ」

「それは、沙月ちゃんとこも同じじゃないの？」

「そりゃそうだけど」

沙月はふふと笑うと、お勝の前に湯呑を置き、自分の前にも置いた。

「虎太郎さんは、剣術に励んでおいでなの」

お勝は、今年十六になった沙月の長男の名を口にした。

「去年の秋に元服をして、前髪だった髪から髷に結った途端、年上の門人たちが一人前の男として向かってくるものだから、うんざりしているみたいよ」

そう言って、沙月は鷹揚に笑みを浮かべた。

「虎太郎さんは元服を済ませ、おあきさんは今年、十三」

「そう。あんたのとこのお琴ちゃんと同い年」

沙月は頷くと、湯呑に口をつけた。

お勝も頷いて湯呑を口に運びかけて、ふと手を止め、

「そうそう。松が取れた後に建部家の用人、崎山喜左衛門様にお会いしたときに聞いたのだけど、なんでも、建部様の跡継ぎになられるお方がこちらの道場に通っておいでだそうね」

さりげなく問いかけた。

「去年の師走になってからね」

「ふぅん」

そんな声を出して、お勝は茶を飲んだ。

「建部様は今年二十だから、お勝ちゃんが奉公してた時分は、生まれてないか、生まれたばっかりって頃じゃないの」

「多分、そうね」

お勝は、沙月の問いかけに話を合わせたが、

「沙月ちゃんは、その跡継ぎと顔を合わせたことは？」

「一、二度、あるけど」

「どうなの」

「何が」

茶を飲みかけた沙月が、訝(いぶか)るような顔をお勝に向けた。

「いえね。ここのところ、旗本のご子息たちは、押しなべて評判が悪いって聞いてたから。現にこの前『岩木屋』に現れた三人連れの旗本の子息たちは、まがい物を持ち込んだりしたものだから、その、建部家の跡継ぎはどうなのかなって思っただけ」

「源六郎様は、礼儀正しいわよ」

「あ、源六郎っていうの」

お勝の声は、戸惑ったように少し掠れた。

「気立てもいいし、門人たちにも、身分の隔てなく挨拶をなさるわ。ついてきている家臣どもども稽古をなさるのだけど、供が何か世話を焼こうとすると、断固としてお断りになるのよ。稽古の後、体を拭くときも、自分で釣瓶を落として井戸水を汲んだりね」

「へぇ。そんなお旗本のご子息がいるとは、なかなか感心するわね」

そう言うと、お勝は満足げに笑い声を上げた。

「なんなら、見てみる？」

沙月が口にした意味がわからず、お勝は、

「え」

声にならない声を洩らす。

「今、道場で稽古の最中だから、廊下から覗けるわよ」

一瞬、返事に迷ったお勝は、

「じゃ、ちょっとだけ」

と、再び声を掠れさせてしまった。

沙月一家が暮らす場所から道場へと繋がっている廊下は、小太刀の稽古にも通っていたお勝は、小さい時分から歩き慣れていた。

だが、廊下を進むにしたがい、激しく打ち合う竹刀の音と、床を踏み鳴らす音が空気を震わせて伝わってくる。

お勝は、にわかにおののきのようなものに襲われ始めた。

先に立っていた沙月が、格子の嵌まった武者窓のところで足を止めると、軽く爪先立ちをして、格子の隙間から道場の中に眼を走らせる。

「ほら、あそこ。勇五郎様を相手に打ち込みをしている若者よ」

沙月が、道場の中に人差し指を向ける。

お勝も爪先立つと、沙月の指の先に眼を遣った。

沙月の夫である近藤勇五郎の顔を見つけると、勇五郎の竹刀に己の竹刀を打ち込む若者に眼を留めた。

「紺の稽古着に黒の袴よ」

勇五郎が相手にしている若者は、沙月の言う通りの稽古着を身に着けている。

汗で光る顔には黒々とした眉があり、鼻は建部左京亮に似て、やや鷲鼻のようだ。顔も体つきも引き締まっていて、遊蕩に耽っている気配は窺えない。

眼は一重だが、顎の横にある小さな黒子のようなものまでもが、お勝の眼に焼きついていた。

お勝は、沙月が淹(い)れてくれた茶を美味(うま)そうに飲んだ。

道場の稽古を見てから居間に引き返すと、沙月が再び茶の用意に取りかかってくれたのだ。

稽古を見たのはほんの少しだが、乾いていたお勝の喉は茶のおかげで潤(うるお)った。

茶を三口ばかりで飲んだところで、鐘の音が届き始めた。

時の鐘が撞かれる日本橋本石町(にほんばしほんこくちょう)は、亀井町からほど近い西方にある。

「四つ（午前十時頃）だから、朝の稽古は終わりね」

沙月の声に、

「わたしはそろそろ」

お勝は慌てて湯呑を茶托(ちゃたく)に置く。

「そんなに急がなくても、着替えが終わるまで待って、勇五郎様にも会っていってよ。なんなら、建部家の若様にも引き合わせてあげるから、以前、奉公していたって言えばいいのよ」

「駄目駄目」

慌てて片手を打ち振ると、お勝は腰を上げる。

稽古の後の着替えが終わる前に道場を後にしようとしたのは、源六郎を含む門人たちと顔を合わせないようにとの用心のつもりだった。

源六郎と引き合わせるという沙月の提案など、とんでもないことである。

建部家に戻った源六郎が、お勝というかつての奉公人に会ったなどということを口にでもしたら、どんなことになるか知れない。

沙月の見送りを受けて住まいの出入り口を出たお勝は、着替えもせずに道場を後にする何人かの門人に交じって、木戸門から通りへと出ると、西の方へ足を向けた。

まっすぐに進んで、小伝馬町の牢屋敷（ろうやしき）にぶつかったら塀（へい）に沿って神田堀（かんだぼり）の方へ向かい、その後はひたすら根津を目指すつもりである。

牢屋敷の北端まで進んだお勝は、気まぐれに、神田堀の土手の手前を左に折れた。

日本橋の表通りへ出て、昌平橋（しょうへいばし）を渡って不忍池に至る道筋を選んだのだ。

神田堀の土手と牢屋敷の間の道に、人の往来はほとんどない。

牢屋敷の周辺には、解き放たれた罪人や、迎えに来た破落戸（ごろつき）仲間がうろつくことがある。罪人が押し込められたり、斬首が執行されたりする場所でもあるから、好き好んで通る者は少ないと思われる。

土手の道を半分ほど進んだとき、背後から駆けてくるいくつかの足音に気づいた。

足を止めたお勝が振り向くと、三人の若侍が、手に手に棒切れを持って向かってきた。

お勝を取り囲むようにして立ち止まった若侍は、『岩木屋』にまがい物の大皿を持ち込んできた三人連れである。

「この前は、よくもおれらを虚仮にしてくれたな」

白柄の刀を差した侍が、抑揚のない声を出し、

「その恨みをやっと晴らせる」

とも言い、片頬を動かして薄笑いを浮かべた。

「洋之助、ここなら、この女を成敗するにはもってこいの場所だ」

顎の尖った侍は、白柄の侍にそう言うと、細い眼を周囲に走らせる。

「市三郎、かかれっ」

白柄の侍の声に、いつも荷物持ちの小柄な侍が棒切れを振り上げ、

「うおぅ」

お勝に向かって棒切れを振り下ろす。

棒切れが頭を打つ寸前まで待ったお勝が咄嗟に体を躱すと、目標を失った市三郎と呼ばれた侍は、たたらを踏んだ。

その市三郎が手にしていた棒切れを奪い取ったお勝は、顎の尖った侍と洋之助と呼ばれた二人に棒の先を向けた。

「たぁっ！」

突然、顎の尖った侍が不敵な笑みを浮かべてお勝に迫り、横から上から棒切れを振るった。

お勝は、腕に覚えのある小太刀の技を駆使して躱すと、相手の小手に己の棒切れを叩き込んだ。

顎の尖った侍の手を離れた棒切れは宙を舞い、やがてカランと音を立てて地面に落ちた。

「おのれぇ」

洋之助と呼ばれた侍は眼を吊り上げると、一気に刀を引き抜いた。

「お前さん方、喧嘩の相手が女だなどと思わず、戦をする気でかかっておいでなさいよっ」

お勝は、刀を抜いた相手に向かって大声を張り上げた。

「見ておれっ」

顎の尖った侍も、刀を引き抜いた。

「女一人に刀を向けるのかっ」

「卑怯者」

「侍の面汚しめがっ」

いつの間にか立ち止まって成り行きを見ていた物売りや、通りがかりの職人らしき数人から、怒りの野次が飛んだ。

その野次馬を前に、刀を抜いていた二人はにわかにうろたえる。

すると突然、市三郎と呼ばれていた小柄な侍が、怯えたようにその場から駆け出した。

「市三郎、待てっ」

洋之助の怒声には応えず、市三郎は通りから姿を消した。

「残った二人に言っておきますが、今度わたしの前に顔を出したら、ただでは済ませませんよ」

お勝が凄むと、二人は刀を鞘に納めながら後ずさりする。

そして、いきなり踵を返すと、本銀町（ほんしろがねちょう）の通りを這う這う（ほうほう）の体（てい）で駆け去っていった。

「よくやった」

などという声をお勝に掛けて、野次馬たちが方々に散っていく。

堀に架かる小橋に足を向けたとき、お勝の方に近づいてくる羽織袴の侍二人の姿が眼に入った。

先に立って歩く若者の眉は太く、顎の脇に小さな黒子のようなものがあった。

近藤道場で、師範の勇五郎に竹刀を打ち込んでいた源六郎である。

連れはおそらく、沙月が口にしていた供侍だろう。

お勝の傍で足を止めた源六郎は、

「見事な小太刀の技でした」

笑みを浮かべて一言口にしただけで、供侍とともに歩き出した。

羽織の背中には、建部家の家紋である〈釘抜き崩し（くぎぬきくずし）〉が見えた。

まるで、お家の命運を背中に負っているようで、眩（まぶ）しくもあるが不安もある。

渡り始めた橋の真ん中で足を止めたお勝は、源六郎が向かった方に眼を向けた。

崎山喜左衛門には、建部家との関わりを絶つと言いながら、源六郎が通い出した近藤道場に足を向けてしまったことに、自戒の念を覚えた。

今後、よほどのことがないかぎり、亀井町の沙月を訪ねるのはやめよう——胸の内で呟くと同時に、お勝は足を踏み出した。

第二話　藍染川(あいぞめがわ)

一

日が西に沈んだばかりの、一月半ば過ぎの黄昏時(たそがれどき)である。

昨日の藪入り(やぶいり)は静かだった町も、一夜明けたこの日はいつもの賑(にぎ)わいがあった。

これから明かりが灯(とも)り始めると、江戸でも名高い花街(かがい)を抱える根津権現門前町は、夜の顔になっていく。

大小の料理屋や、旅籠(はたご)、居酒屋、食べ物屋が軒(のき)を並べている通りに、屋台の提灯(ちょうちん)や道端の雪洞(ぼんぼり)の明かりが加わる頃になれば、人はさらに集まってくる。

江戸見物に来た連中が妓楼(ぎろう)を目指す一方、通い慣れた遊び人は、腕を摑(つか)む女の誘いを振り切って、馴染(なじ)みの女の元へと足を速める。

そんな光景がそこここで見られる頃おいが、お勝は好きである。

由緒ある寺社もあれば、色と欲の交わる花街もある懐の深さが、根津のいいところなのだ。町の息吹というものをしみじみと感じられる。

番頭を務める質舗『岩木屋』は、七つ半（午後五時頃）に店じまいをした。

根津権現社近くにある『岩木屋』を出たお勝は、表通りを抜けて、住まいのある『ごんげん長屋』の木戸を潜った。

まだ明るみの残る井戸端に人の影はなく、珍しく静かである。

井戸から奥へ延びている路地を挟んで、向かい合っている二棟の六軒長屋には、明かりの灯った家もあれば暗い家もあった。

暗い家は、外回りの仕事をする独り者の住まいである。したがって、仕事が済んでもすぐに帰りもせず、途中で飲み食いをしたり、馴染みの女のところに寄り道したりすることもあるに違いない。

「今帰ったよ」

路地の左側にある家の戸口で声を掛けると、

「お帰り」

子供たちが、家の中で口々に声を上げた。

戸を開けて土間に足を踏み入れると、年かさのお琴と妹のお妙が、出来たばかりらしき料理の皿を四つの箱膳（はこぜん）に並べ終え、寝転んでいた幸助が急ぎ箱膳の前に膝（ひざ）を揃（そろ）えた。

「お腹が空いたようだね」

「空いた」

幸助がすかさず答えた。

「わかったわかった」

お勝は、幸助の隣の箱膳に着いた。

お勝の向かいにはお琴が着き、その隣にお妙が着くというのが、定席（じょうせき）となっていた。

「いただこう」

お勝が音頭を取ると、

「いただきます」

子供たちはそれぞれ口にして、箸（はし）を取った。

「ほう、今夜はなんだか豪勢じゃないか」

お勝は、箱膳に載った料理に眼を留めた。

味噌汁（みそしる）には蕪（かぶ）と小松菜（こまつな）が入っており、焼いためざしの他に、蓮根（れんこん）と牛蒡（ごぼう）のきんぴらの小鉢があある。

「蕪も蓮根も小松菜も、お向かいのお六さんが、余り物だからってくれたのよ」

お琴がそう言うと、

「ただで」

幸助がさらりと言い添えた。

お六は、青物売りを生業にしている、三十代半ばくらいの独り者である。

松が取れた正月の七日から、『ごんげん長屋』に住み始めていた。

「ちょいとお向かいに行ってくるよ」

お勝は、夕餉の片付けを始めた子供たちに声を掛けて、路地に出た。

青物を貰ったお礼を、お六に言っておこうと思い立ったのである。

お六の家は、言葉通り、路地を挟んだお勝の家の向かいにある。

「お六さん、向かいの勝ですが」

戸口で声を掛けると、中からすぐに戸が開かれた。

「お邪魔しますよ」

そう言うと、お勝は土間に足を踏み入れた。

戸を開けたままだと冷気が入り込むから、ろくに立ち話はできない。

「子供に聞いたら、お六さんに蕪や小松菜や蓮根まで貰ったって言うもんだから、一言お礼に」

「なぁに、ほんの少しだから、お礼には及びませんよ」

大きく片手を打ち振ったお六は、洗い髪を後ろで束ねて、手拭いで覆っている。夕刻、湯屋に行ったのだろう。

「今日の夕餉、お琴ちゃんはどんなもんを作ったのかねぇ」

「蕪と小松菜は味噌汁にして、蓮根は、うちにあった牛蒡ときんぴらにしてましたよ」

「大根は使わなかったのかね」

「大根もいただいてたんですか」

「亀戸の大根」

そう言うと、お六は笑みを浮かべ、

「蕪は品川のもので、蓮根は葛西でしてね」

「青物売りは長いのかい」

感心したお勝は、思わず問いかけた。

「へっへ、十年ですよ。嫁ぎ先を追い出されたとき、手になんにも職がなかったから苦労したけど、天秤棒担いで売り歩く力だけはあったもんだからさ」

苦労の跡など微塵も見せず、お六は笑み交じりで爽やかに言い放った。

「でもお六さん、いくら余り物とはいっても、何もただで分けなくても、長屋か表通りで売ればいいじゃないか」

お勝が思いつきを口にすると、

「うぅん」

小さく唸ったお六は、思案するように首を傾げた。

「せっかくだけど、そんなことはしたくないな。あたしが井戸端で残り物を安く売ったら、そのとき要る人は買ってくれるかもしれないけどね。でも、これが毎日のことになると、買ってやらないと悪いなんて、気遣う人が出てくるかもしれないでしょ。あたし、ここの住人にはそんなふうに、気を使わせることはしたくないんですよ」

静かに語り終えると、お六は屈託のない笑顔でお勝を見た。

「よくわかったよ」

お勝はそう言うと、笑みを浮かべて大きく頷いた。

そのとき、慌ただしい足音が路地を駆けてくるのが聞こえた。そしてすぐに、

「お琴ちゃん」

切羽詰まった娘の声がした。

お六の家の戸を急ぎ開けたお勝の眼に、お琴と同い年くらいの娘と二つ三つ年若の男児の背中が飛び込んだ。

お勝の家の戸もすぐに開き、

「志保ちゃんじゃないの」

驚いた声を出して、お琴が表に出てきた。

「どうしたの、こんな時分に」

「お琴ちゃん、あたしたち、家から逃げてきたのよ」

お琴に志保と呼ばれた娘がそう言うと、すぐに俯いて唇を噛んだ。

「それじゃ」

お六に辞儀をして路地に出たお勝は、子供たちの方へと近づいた。

小さな炬燵には、志保とお琴、志保とともに来た弟の五十吉とお妙が足を入れている。お勝は、お琴のすぐ傍で膝を揃えているが、幸助は壁にもたれて胡坐を

かいていた。

「こっちは、志保ちゃんの弟の五十吉」

家に入るなり、お琴は男児の名を口にしていた。

「志保ちゃんとは、三年前まで、沢木先生の手跡指南所で机を並べていた友達なの」

お琴は、皆が炬燵を囲むと、おもむろに口を開いた。

沢木先生というのは、谷中瑞松院の手跡指南所で師匠を務める『ごんげん長屋』の住人、沢木栄五郎のことである。

「志保ちゃんとは同い年で、五十吉は幸ちゃんよりひとつ下だから」

「十だな」

幸助が、お琴の話に口を挟んだ。

お琴には、近所に何人もの仲良しがいたが、志保を『ごんげん長屋』に連れてきた覚えはなく、お勝はその存在を今日まで知らなかった。

「前は、手跡指南所の帰りに、二、三度ここに来たことはあったね」

お琴が声を掛けると、

「お琴ちゃんと遊びに行く前、長屋に立ち寄ったことがありました」

志保は俯いていた顔を、お勝に向けた。

「その顔はどうしたんだい」

お勝の声に、志保は慌てて顔を伏せた。

だが、志保の口元が青く腫れていたのを、お勝の眼ははっきりと捉えていた。

「お父っつぁんに叩かれたんだよ」

五十吉は、怒りの籠もった声を発した。

「志保ちゃん」

お琴が心配そうな声を掛けたが、志保はじっと顔を伏せている。

「叩かれるのは、今日だけじゃないんだ。お父っつぁんとおっ母さんが喧嘩をするたんびだ。喧嘩を止めようとすると、お父っつぁんはいつも、うるせぇ黙れって、おれや姉ちゃんをひっぱたくんだ」

そう口にした五十吉は、悔しげに顔を歪めた。

「お琴ちゃん、あたしもう、あの家にはいたくないんだ」

俯いた志保の口から、呻くような声が洩れ出た。

谷中善光寺坂一帯に商家はほとんどない。

近隣は寺ばかりで、夜ともなるとまるで闇となる。

その坂道を、火を灯したブラ提灯を手に、お勝が上っている。

坂を上りきった先にある道には、料理屋『喜多村』から洩れ出た明かりが広がっていた。

『ごんげん長屋』の家主である惣右衛門は、料理屋『喜多村』の隠居である。

用がなければ顔を出したいところだが、お勝は店の表を通り過ぎた。

志保と五十吉が二親と住んでいるのは、『喜多村』を過ぎて最初の丁字路を左へ曲がった先にある、玉林寺門前町の『不動店』だということだった。

『不動店』の木戸を潜って、向かい合っている五軒長屋の路地に進むと、年配の男と並んだ女の影が、戸を開けた家の中に向かって何度も腰を折り、「すまなかった」というような言葉をぐもった声で繰り返している。

「いつもいつも、嫌になるよ」

家の中から女のだみ声がして、戸が閉められた。

腰を折っていた女と年配の男は、お勝が立っている路地の入り口の方に向かってきた。

「あの」

　お勝が声を掛けると、

「どなたかな」

　とっくに五十の坂を越えた男が足を止めた。

「染め師の仲三（なかぞう）さんを訪ねてきたんですが」

　お勝が、志保から聞いていた父親の名を口にすると、

「仲三はうちの亭主だけど、お前さんはいったいなんですかっ」

　髪を乱し継（つ）ぎ接（は）ぎの綿入れを着込んだ細い顔の女が、尖（とが）った声を出した。

「わたしは、根津権現門前町の『ごんげん長屋』とも呼ばれる『惣右衛門店（そうえもんだな）』に住む勝という者ですが、あなたが志保さんと五十吉さんのおっ母さんでしょうか」

　丁寧（ていねい）な物言いをすると、

「お前さん、どうしてうちの子供のことを――」

　女は、途中で言葉を呑（の）み込んでしまった。

「名は、おきわさんと聞いて来ましたが、間違いありませんか」

　お勝の問いかけに、女は小さく頷く。

　そこで、志保と五十吉が、以前から仲良しだったお勝の娘を訪ねてやってきた

経緯(いきさつ)を打ち明けた。

「立ち話もなんですから」

年配の男は、『不動店』の大家の九郎助(くろすけ)と名乗ると、左側の棟の井戸から一番近い家にお勝とおきわを招き入れた。

「夕方、まだ暗くなる前でしたが、おきわさんがいきなりここに飛び込んできて、夫婦喧嘩の後、仲三さんがいなくなったが、二人の子供もどこかに行ってしまったって泣きついてきましてね」

お勝とおきわが土間の框(かまち)に腰を掛けると、九郎助は話を切り出した。

さっきまで、おきわと二人して、志保と五十吉を捜しに谷中一帯を歩き回って帰ってきたところだったのだとも打ち明けた。

おきわと仲三の夫婦喧嘩はたびたびのことで、近隣からは眉(まゆ)をひそめられているのだという。

「おきわさん、仲三さんはともかく、子供の行き先はわかってよかったじゃないか」

九郎助の言葉に小さく頷くと、

「これから、わたし、迎えに行った方がいいですよね」

おきわは、不安げにお勝の顔色を窺うと、

「子供たちの行方は知れたけど、うちのがどこへ行ったのかが――」

　子供たちの行方がわかっただけでは安心できないのか、おきわは、消え入りそうな声を弱々しく洩らす。

「仲三さんのことは、放っておけばいいんだよ。それより、子供たちのことだよ、おきわさん」

　九郎助の声に頷いたおきわは、

「これから、迎えに行きます」

　土間の框から腰を浮かしかけた。

「でも、志保さんたちは、お父っつぁんのいるところには戻りたくないと言ってるんですよ」

お勝は、志保と五十吉が口にしたことをそのまま告げた。

「でも、うちの人はどこかに行ってしまって、家にはいませんから」

おきわの口から、ほんの少し不満げな声が洩れた。

「帰ってきたときのことが気がかりなんでしょうよ、きっと。ですからね、今日のところは、『ごんげん長屋』で預かりますがどうでしょう」

お勝がそう言うと、

「大家の伝兵衛さんはよく知ってるし、家主の『喜多村』の大旦那のことも知っているが、『ごんげん長屋』なら、安心していいと思うよ」

太鼓判を押した九郎助に、おきわは仕方なさそうに、小さく頷いた。

二

日が昇って四半刻（約三十分）ばかりが経っている。

お琴、幸助、お妙に加え、昨日から『ごんげん長屋』に来ていた志保と五十吉とともに朝餉を摂っていたお勝は、

「ごちそうさま」

早々と口にして、箸を置いた。

「わたしは出掛ける支度があるけど、あんたたちは、ゆっくり食べてていいからね」

そう言うと、空いた茶碗や皿を重ねて、土間の脇の流しに運ぶ。

「行ってくるぜ」

井戸端の方から植木屋の辰之助の声がするとすぐ、

「行っといで」

という女房のお啓の声がして、

「それじゃ、辰之助さん、表までご一緒に」

そんな声を掛けたのは、今月、『ごんげん長屋』の住人になったばかりの、表通りの足袋屋の番頭、治兵衛だった。

『ごんげん長屋』は今朝も、夜明け前から仕事に出掛ける人の動きがあった。

周りを気遣って開け閉めには用心するのだが、建て付けの悪くなった戸は軋むから、どこの誰が出掛けたかは、住んでいる者なら大方察しがつく。

仕事に出掛ける姿を見たことはないが、いつも、朝一番に出ていくのは青物売りのお六である。

暗いうちに日本橋の大根河岸に行って青物や芋などを仕入れて、夜明けとともに町々を売り歩く。他の青物売りに後れを取ると、売るのに難儀してしまうのだと愚痴を聞いた覚えがある。

お勝は今朝、いつもより幾分か早く朝餉の支度に取りかかった。

六つ（午前六時頃）の鐘が鳴る頃井戸で米を研いでいると、左官の庄次、貸本屋の与之吉、十八五文の鶴太郎が朝餉も摂らずに、木戸から表へと飛び出していくのに声を掛けて送り出していた。

「ごちそうさま」

そう言ってお琴が箸を置くと、他の子供たちからも相次いで声が出た。

「空いた器(うつわ)は井戸で洗うから、志保ちゃんたちもこの桶(おけ)に重ねておくれ」

流しの脇にあった木桶(きおけ)を手にしたお琴が、並んだ箱膳の真ん中に置いた。

「沢木ですが」

外から沢木栄五郎の声がした。

「どうぞ」

お勝が応(こた)えると戸が開いて、栄五郎とともに藤七も土間に入り込んだ。

「お師匠様、おはようございます」

声を張り上げたお妙に倣(なら)い、幸助も大声を上げたが、志保と五十吉は、軽く頭を下げただけである。

「いやぁ、昨日貰った大根や小松菜のおかげで、どこかの料理屋みてぇな朝餉でしたよ」

藤七がそう言うと、

「料理屋かどうかはともかく、藤七さんの味噌汁はなかなかのものでした」

「そりゃ何よりで、へへへ」

「先生も藤七さんも、青物のお礼ならお六さんにお願いしますよ」

お勝の声に、栄五郎と藤七が頷いたとき、

「お勝さんのお住まいはこちらでしょうか」

路地から女の声が聞こえた。

「おっ母さんだよ」

掠(かす)れた声を出した五十吉が、志保を振り向く。

「おきわさん、どうぞ」

お勝の呼びかけに、おきわは栄五郎と藤七の立つ土間に足を踏み入れ、

「昨夜はすっかり迷惑をかけてしまって」

深々と腰を折った。

「子供とはいっても、二人も押しかけてしまって、皆さん、おちおち寝てもいられなかったんじゃありませんか」

顔を上げたおきわは、気遣わしげにお勝一家を窺うように見た。

「それがね、おきわさん。志保さんと五十吉さん、それにうちのお琴は、家を空けてくださった沢木先生のところで寝たんですよ」

お勝がそう言うと、

「沢木先生って、あの」

「瑞松院の手跡指南所の」

志保の声に、『あ』の形に大きく口を開けたおきわが、ばね仕掛けのように腰を折った。

「それでその、先生は、どこで寝られましたので」

「おれんとこだよ」

笑顔で答えた藤七にも、おきわは腰を折る。

事情を知った独り者の藤七が、昨日、栄五郎の宿を引き受けてくれたのだ。

掻巻(かいまき)や夜具(やぐ)などは、大家の伝兵衛はじめ、何人かの住人から借り集めることができたのだった。

「それじゃ、おれは行くよ」

「わたしも」

栄五郎は、先に声を発した藤七を追うようにして路地へと出ていった。

「お勝さん、うちの子供たちは、朝餉までご馳走(ちそう)になったようですね」

おきわの眼は、箱膳の近くの、空いた器などの入れられた木桶に注がれた。

「なぁに、気遣いは無用ですよ」

お勝が、笑って手を横に振ると、腰を折っていたおきわは顔を上げ、

「お前たち、帰るよ」

志保と五十吉に、弱々しい声を掛けた。

「お父っつぁんは」

低く尋ねた志保の声には、怯えが窺える。

「昨日、出てったきりさ」

おきわは、小さなため息とともに口を開いた。

「でも、お父っつぁんは戻ってくるんだろう」

怒気を含んだ五十吉の声に、

「夕方仕事が終わるまで、長屋に戻ることはないと思うよ」

そう答えて、はぁと息を吐く。

「二人はもうしばらくうちにいて、幸助とお妙が、瑞松院の手跡指南所に出掛けるとき一緒に出ればいいじゃないか」

お勝の提案に、

「そのときは、わたしも一緒に出て『不動店』まで志保ちゃんたちを送ることに

する」

　お琴は、まるで当然のことのように請け合った。

『ごんげん長屋』を後にしたお勝は、おきわと並んで歩いていた。

仕事先の質舗『岩木屋』に出掛けるには少し早かったが、

「その辺まで一緒に歩きませんか」

　お勝が誘うと、おきわは、嫌がりもせず承知した。

　志保や五十吉が親へ向ける怒りや怯えは、なんなのか。

　話を聞いてなんとかなるものならと、お勝は首を突っ込む気になっていた。

　根津権現門前町とその南側にある根津宮永町の境には東西に流れる水路がある。水路の北側を沿うように延びる鳥居横町を西に歩いていたお勝とおきわは、丁字路を右に折れた。

　武家地と町家の間の通りをまっすぐ北に行けば、根津権現社に行き着く。

「うちの人の、女遊びが一向にやまないんです」

　おきわは、喉を詰まらせたような声を絞り出した。

　子供たちが家を飛び出したくなるような夫婦喧嘩はどうして起きるのか――

『ごんげん長屋』を出てから問いかけたお勝への答えだった。

「それも、この二年ばかり前から始まったようなんです」

おきわによれば、藍染(あいぞめ)職人の仲三は、仕事一筋の男だったという。

職人仲間に誘われて酒の付き合いはあったが、博奕(ばくち)や女郎買いには興味もなかったのだと言い添えた。

「藍染の職人だから、稼ぎは悪くないんです。たまに外で飲み食いしたって、うちの暮らしが困ることはありませんでした」

そこまで口にしたおきわは唇をそっと嚙み、

「二年くらい前から、うちに入れる手間賃の額が少なくなったり、半分になったりし始めたんです」

おきわは、その頃から疑念を抱き始めたのだと打ち明けた。

隠れて博奕にのめり込んでいるのではないか。

他所(よそ)に女を囲っているのではないか。

あれこれと、一人胸の内に抱え込んだおきわは、『不動店』の何人かに、気鬱(きうつ)の病(やまい)ではないかとまで言われたが、笑顔で誤魔化(ごまか)した。

しかし、我慢も限界に達したのか、半年ほど前、息苦しさを覚えて半日寝込んだことがあったという。

そこで初めて、おきわは心配の種を仲三にぶつけたのだ。

「根津の岡場所に、入れあげている女がいる」

やっとのことで、仲三は白状した。

「そりゃね、外に出れば遊び仲間も出来るだろうから、色町に一切出入りするなとは言いません。だけど、うちには子供が二人もいるんだ。お願いだから抜き差しならないことにはならないでおくれと頼んでいたのに——あの人はもう、根津の女に会うために、素人の賭場に出入りしてるって白状したんですよ」

そこまで口にしたとき、おきわの足が止まった。

『岩木屋』まであと一町（約百九メートル）ばかり手前の、神主屋敷の角だった。

素人賭博は、博徒が開く賭場と違って、賭け金などは少額だった。

仕事をして小金を貯めている独り者の女や、亭主の稼ぎをくすねている長屋の女房、担ぎ商いの男たちが、十文二十文の少額を賭けて、一分なり二分の金を得るために遊ぶ、胴元も客も素人の賭場である。

だが、賭け金を借りて返せないときは、当然、借金は膨らむ。

「うちの人もそんな借りがあるらしく、大勝ちして一気に返そうと、その賭場に通っているって言うじゃありませんか」

そんなことが次々にわかって以来、ちょっとしたことで夫婦はぶつかり言い合いになっているらしく、子供まで巻き込むのが辛いと言って頭を抱えた。

「うちの人があんな調子じゃ、今の染屋をいつかしくじってしまうような気がして、それが怖いんです。ずっと世話になってる親方やおかみさんに、なんて詫びればいいのかと思うと、もう」

後は言葉にならなくなったおきわの顔の片側が、まるで痙攣したようにぴくぴくと動いた。

「昨日は、仕事から戻ってくるなり、百文出せと言ったもんですから、ないって言ってやったんです。出そうにも、そんな銭、ありはしませんよ。それで、正月、子供たちに新しい着物ひとつ着せられなかったのは誰のせいだって、わたしは責め立てたんです。最初は静かに聞いていたうちの人が、飲み始めていた酒が回ったらしく、悪態をつき始めて、それで、叩いたり物を投げたりして——。そしたら、止めようとした志保を叩き、五十吉まで蹴飛ばしてしまって」

がくりと首を折ったおきわは、神主屋敷の塀に片手をついて体を支えた。

「昨夜、ご亭主はどこに泊まったんだろうね」

「銭がなきゃ、賭場にも行けないだろうし、どこかの、馴染みの居酒屋に潜り込んだとしか」

そこまで口にすると、

「今朝、そのまま仕事に行ってくれてればいいけど」

気がかりなことを口にして、おきわはせつなげに吐息を洩らす。

「番頭さん、おはよう」

『岩木屋』の近くにある紙屋で長年働いている古手の通い女中が、お勝に声を掛けて小走りに通り過ぎていった。

「おはよう」

お勝は、通い女中の背中に返事をした。


午後になってから、根津権現門前町は灰色の雲に覆われてしまった。

朝方、『ごんげん長屋』からの道々、おきわの口から夫婦喧嘩の経緯を聞かされていた時分、道には朝日が射していた。

それが、昼を境に一変したのだ。

雪になりそうな雲行きではないが、町からは光が失せて、お勝の眼には寒々しく映っている。

店を開けた途端に、『岩木屋』は大忙しであった。

損料貸しの品物を届けたり、引き取りに出向いたりと、手代の慶三と車曳きの弥太郎は、午前中はほとんど出ずっぱりだった。

帳場を預かるお勝にしても、質草の持ち込みや請け出しが多く、主の吉之助の手を借りて、やっと乗り切ることができた。

「昼から、ほんの半刻（約一時間）ばかり、藍染川の染屋に行ってきたいのですが」

昼餉の後、吉之助にそう申し出て快諾を得たお勝は、『岩木屋』を後にしていた。

おきわの亭主の仲三が、藍染職人として働く染屋へと足を向けている。

染屋は『染庄』といい、『岩木屋』からほど近いところにあることは、朝方、おきわから聞いていた。

駒込千駄木坂下町の方から流れてくる谷戸川が分流して、不忍池の方へ向かった先の畔に『染庄』はあった。

川の流域に紺屋(こうや)や洗張(あらいはり)の家が多く、水の流れが藍色(あいいろ)に染まっていることから、藍染川と言われていると聞いたことがある。中には、男女が初めて出会うことからついた名だと言う者もいる。

「岡場所のある根津で逢(あ)い初(ぞ)めとは、乙(おつ)な名付け方をするじゃありませんか」

『ごんげん長屋』の住人の藤七は、以前、そのことに妙に感心していた。

「ごめんください」

お勝は、『染庄』と記された腰高障子(こしだかしようじ)を開けて声を掛ける。

「何か」

土間の片側にある板張りに広げた藍の布地を見ていた五十ほどの男が、顔を向けた。

「わたしは、根津権現社傍の質舗『岩木屋』で番頭を務めております、勝という者ですが」

「おう。『岩木屋』というと、吉之助さんのところだね。まぁ、お入りなさい」

「『染庄』の親方でしょうか」

土間に足を踏み入れたお勝が問いかけると、

「庄五郎(しようごろう)でして」

土間近くに膝を揃えた男は、軽く頭を下げた。

「実は昨日、わたしの娘が仲良くしている娘さんが、弟さんと二人してうちに現れましてね」

お勝は、父親の仲三に叩かれたり蹴られたりして逃げてきたとは口にせず、昨夜、親の喧嘩から避難してきた志保と五十吉を泊めたのだと打ち明けた。

「あぁ。仲三のとこの夫婦喧嘩は珍しくもありませんでね」

喧嘩の深刻さを知らない庄五郎は、苦笑いを浮かべた。

「しかしまぁ、夫婦喧嘩をしても、うちの仕事に障りがなければ、わたしがどうこう言うことじゃありませんからなぁ」

仲三夫婦のことは幾分気がかりらしく、軽く唸ると胸の前で両腕を組んだ。

「仲三さんは、今日――」

「えぇ。仕事の刻限の前には作業場に入っておりましたよ」

庄五郎は、お勝の問いかけにそう答えると、

「とにかく、腕はいいし、職人としては頼りにしてます」

しみじみと付け加えた。

「作業場をそっと遠くから見ることはできませんかね。いや、おきわさんと二人

のお子は知ってますが、仲三さんの顔を知りませんもので」

お勝がそう言うと、

「こっちへ」

下駄(げた)に足を通すと、庄五郎が先に立って、土間の奥に向かう。

突き当たりの板壁を左に曲がると、藍染川に面した作業場が見えた。

藍の甕(かめ)が埋められた作業場と藍染川とは、腰の高さほどの板壁で仕切られているが、一か所、片開きの戸があった。

染物を川で洗い流すときに出入りする扉だろう。

「奥の男が、仲三ですよ」

仲三は、一番奥の藍甕(あいがめ)に少し色のついた布を浸(ひた)し、引き上げると真水(まみず)に漬(つ)ける作業を黙々と繰り返している。

ひたむきに作業に打ち込んでいるが、横顔を見るかぎり表情は暗く、感情の起伏が激しいようには見受けられない。

今年三十九のお勝と年は同じくらいか、一つ二つ下のようにも見える。

「あぁいうふうに、仕事は生真面目(きまじめ)なんだが、そういうのにかぎって、何かあると思いもよらない弾(はじ)け方をするのが、ちと心配なんですがね」

お勝は、『もう弾けてます』と言いそうになったが、言葉を呑み込んだ。

「『染庄』さんの仕事は、何刻に終わりますかね」

「色具合が見分けられる、七つ（午後四時頃）前にはしまいますが」

「二人の子たちのことで話があると、仲三さんに伝えていただけませんか」

お勝が願い出ると、庄五郎は請け合ってくれた。

根津権現社の境内にある茶店『おきな家』で、七つ少し過ぎに待つ──仲三への言付けを庄五郎に頼むと、お勝は『染庄』を後にした。

三

七つを少し過ぎたばかりだが、雲が垂れ込めた根津権現社の境内はすっかり翳っている。

境内の北側、根津裏門坂近くにある茶店『おきな家』の入れ込みの土間は、外よりさらに暗かった。

「待ち合わせかい」

店の親父の徳兵衛が、縁台に腰掛けたお勝の傍に湯呑を置きながら問いかけた。

「そうなんですよ」

「『岩木屋』さんの店じまいは七つ半（午後五時頃）じゃなかったかい」

境内で長年商いをしている徳兵衛は、『岩木屋』の内情をあらかた把握していた。

その徳兵衛が、

「待ってる相手は、もしかして、あんたの色かい」

そっと、親指を立てた。

「その男のことは、『岩木屋』のみんなには内緒ですよ」

お勝が秘密めかして囁くと、

「ふん。男の器量を見てからのこった」

鼻で笑うと、徳兵衛は奥に引っ込んだ。

徳兵衛には内緒にと言ったが、『岩木屋』の吉之助には、お勝の家に避難してきた志保と五十吉の件を伝え、その父親と話をするために、店じまいの前に出ることの了解は得ていた。

外から音もなく腰高障子が開き、男の影が見えた。

「おいでなさい」

奥から出てきた徳兵衛が声を掛け、

「お勝さんなら、この人だ」

片手でお勝を指し示した。

顔かたちが見えるところまで近づいた仲三は、

「『染庄』の親方に言われて来ました」

抑揚のない声で言うと、軽く頭を下げ、通路を挟んだ向かいの縁台に腰を掛けた。

「こちらにもお茶を」

「うん」

返事をして、徳兵衛は奥へ入っていく。

「なんですか、昨日は、子供たちが世話んなったようで」

両膝に手を置いた仲三の声はか細い。

「何も、詮索する気はありませんが、仲三さん、ゆんべはどちらにお泊まりだったんで？」

穏やかに問いかけると、「えぇ」と呟き、

「若い時分、一緒に仕事をしていた染め職人の家が、団子坂にあるもんで」

仲三は、駒込千駄木町にある坂の名を口にした。

「仲三さん、わたしは他所の家の夫婦喧嘩に立ち入る気も、喧嘩をするなと言うつもりもありませんが、どうか、小さな胸を痛めている志保さんや五十吉坊のことは頭の隅に置いてやってくれませんかと、そうお願いしたいんですよ」

はっとしてお勝を見た仲三は、いきなりがくりと項垂れ、唇を嚙んだ。

お盆を手に来た徳兵衛は、何も言わず湯呑を仲三の傍に置くと、奥へと戻っていった。

「おきわさんは、仲三さんには入れあげてる女がいると言ってましたが、それは、本当のことでしょうか」

お勝は、非難じみた物言いにならないよう、努めてさりげなく尋ねた。

何と言おうか迷った様子を見せた仲三は、しばらく間を置いてから、小さく頷いた。

「話を聞くと、どうやら、その女の人に流れてるお金のことがもとで、家の中に諍いが起きてるようですが、なんとかならないものですかねぇ」

依然として穏やかな声を掛け続けるお勝が、湯呑を口に運んだ。

「四月になったら、その女の年季が明けるんで、一緒になる約束を交わしております」

仲三は、感情を面に出すことなく、淡々と打ち明けた。

あまりのことに一瞬言葉を失ったお勝だが、

「そのこと、おきわさんは知ってるんですか」

つい、問い詰めるような物言いになった。

仲三はただ、首を横に振った。

「子供たちは、なんと思いますかねぇ」

静かな言葉ながら、お勝は、仲三に猛省を促す響きを込めた。

「子供たちは、おれがいなくなった方がほっとすると思います。おれが、そう思わせてしまったんだから、これはもう、仕方のないことで」

仲三の口調にいじけた様子はなく、淡々としている。

「おきわは、悪い女じゃないんです。ただ、この四、五年、あいつと顔を突き合わせると、妙にいらいらしてしまって。おれが最後までものを言う前に、口を挟んで、とんでもない話を始めたり、どうでもいい細かいことをあれこれ気に病んだりして、周りを滅入らせるんだ。それで、よかれと思ってこっちが口を出すと、そんなことを聞いちゃいないなんて言うし。話をするのに、気を使うばかりでね。昔はもっと、嫌なことでも笑って構える、鷹揚な女だったような気がするんだがね。いや、何も、おきわだけのせいじゃねぇんです。おれも悪いのかもしれねぇが、何か、息の詰まる家から逃げたくて、おれは」

「そりゃ、身勝手というもんですよ」

「多分、そうでしょうが」

「多分じゃあない。お前さんの身勝手だ」

お勝がそう断じると、仲三は俯いた。

「年季が明けたら一緒になるっていうのは、どこの娼妓だい」

お勝の問いかけに、仲三は怯んだような眼を向ける。

「いやね、わたしの仕事柄、根津の妓楼には知り合いも多いもんだからね」

「『大黒屋』です」

妓楼の名を口にした仲三は、小さく不安そうに首を傾げた。

『ごんげん長屋』の路地を吹き抜けていく風の音がしている。

寝ている幸助の横で搔巻を掛けているお勝だが、眼を閉じてはいるもののなかなか眠れない。

お勝とお琴が、幸助とお妙を挟んで寝るかたちはいつものことである。

『岩木屋』の仕事を終えて帰ってきたお勝は、今朝方、志保と五十吉を家に送り届けたと、お琴から聞かされていた。

お琴らとともに『ごんげん長屋』を出た志保と五十吉は、手跡指南所のある瑞松院で幸助とお妙と別れたという。

その後、お琴は、瑞松院の北隣の寺の角を右に曲がって、三浦坂を上り、志保たちの住む『不動店』に送り届けたのだった。

子供たちは五つ半（午後九時頃）には寝たが、お勝は半刻ほど裁縫をしてから横になっていた。

横になったものの、なかなか寝つけない。

夕刻、仲三から聞いた話が気がかりだった。

二親の狭間で、志保と五十吉はちゃんと眠りに就いているのだろうか。

風の音が、余計お勝の胸をざわつかせる。

路地の方から、コトリと小さな音がした。

木っ端が風に飛ばされたような音だったが、端に寝ていたお琴が弾かれたように体を起こした。

「なんだい」

お勝が小さな声を掛けると、

「志保ちゃんがまた、逃げてきたんじゃないかと思って」

そう言うと、お琴は外の気配に耳を澄ました。

「おっ母さんが起きてるから、お前は心配しないで寝るんだよ」

「うん」

小さく頷いて、お琴は横になった。

強くはないが、路地からは依然風の音が聞こえた。

昨日の昼から怪しく垂れ込めていた雲は、今朝は打って変わって消え失せていた。

昨夜の風のせいか、道端には、根津権現社の境内辺りから飛ばされてきた枯れ葉が落ちている。

「それじゃ、ふた月後に参ります」

妓楼の中にそう告げたお勝は、入り口から表に出ると、

「待たせたね」

大八車（だいはちぐるま）の傍で待っていた車曳きの弥太郎に声を掛けた。

「なんの」

そう返事をした弥太郎が、下ろしていた梶棒（かじぼう）を摑んで、根津権現社の方へと曳き始める。

お勝は、一軒の妓楼に損料貸しの火鉢（ひばち）と手焙（てあぶ）り、それに炬燵の櫓（やぐら）をふたつ、届けに来た帰りだった。いずれの品物も、去年の十一月に貸し出していたのだが、壊れたり足りなくなったりしたので、急遽（きゅうきょ）、届けてもらいたいという求めに応じたのである。

妓楼の建ち並ぶ根津権現門前町の通りは、五つ半（午前九時頃）ということもあって、遊客の往来はほとんど見られない。

妓楼の娼妓たちを相手に商いをしている背負（せお）い簞笥（たんす）を担いだ小間物（こまもの）売りや貸本屋など、大きな風呂敷包（ふろしきづつ）みを肩から提（さ）げた担ぎ商いの姿が目立つ。

お勝は、行く手の妓楼の方を見て、ふと足を止めた。

「何か」

声を掛けた弥太郎が、大八車を止める。

「弥太郎さん、ちょっと用を思い出したから、先に帰ってておくれよ。四半刻もしないで済むと思うけど」

「へい」

弥太郎は返事をするなり、大八車を曳いて根津権現社の方へと動き出した。

お勝は、『大黒屋』と書かれた提灯の下がった妓楼の横にある小道へ足を向けた。

奥に続く板塀の潜り戸から裏庭に入り込んだお勝は、

「ちょっと、ごめんなさいよ」

台所の障子戸を開けて、声を掛けた。

応対に出た台所女中に、女楼主であるお梶への取り次ぎを頼むと、ほんの少し待たされただけで、『大黒屋』のお内証に通された。

「『岩木屋』のお勝さんというから、借りた布団でも引き取りに来たのかって、慌ててしまいましたよぉ」

鉄瓶の載った長火鉢を前にしていたお梶は、お勝の姿を見るなり甲高い声を上げて迎え入れた。

「今日はちょっと、野暮用でしてね」

お勝が返事をすると、

「今、茶を淹れますから」

お梶は、猫板に置いていた急須の蓋を取る。

四十代半ばのお梶は、死んだ亭主の後を引き継いで『大黒屋』を営んでいた。毎年、時節ごとに入り用な品々を貸しているから、お勝とお梶は旧知の間柄と言える。

「それで、野暮用っていうのは、なんなんです」

お梶は、長火鉢を間に置いて膝を揃えているお勝の前に、茶の注がれた湯呑を置いた。

「うちの上の娘に、同い年の仲良しの娘がいるんですがね。その子の父親という人が、『大黒屋』さんの女に入れ込んでるらしいと聞きましてね」

お勝は、努めて穏やかな口を利いた。

「ほう、誰だろう」

お梶は、真顔で首を捻った。

「相手が誰だかは聞きそびれたんですが、客は染屋の『染庄』の職人で、仲三さんというんですがね」

お勝がそう言うと、お梶は口に運びかけた湯呑を止めた。

「それなら、ひな菊って子だよ」

さらりと口にすると、お梶は茶を飲んだ。

「そのひな菊さんに、会わせていただくことはできませんかねぇ」

「いくらお勝さんでも、そういうことはねぇ」

苦笑を浮かべたお梶は片手で頬を撫で、撫でるとすぐにため息をつき、天を仰ぎ見た。

お勝は、先夜、仲三夫婦の喧嘩がもとで、二人の子供が『ごんげん長屋』に避難してきた顚末を打ち明けた。

だが、

「そう言われてもねぇ」

お梶は渋る。

万一、ひな菊から仲三という客が去れば、『大黒屋』の実入りにも関わるということが、女楼主の気がかりなのかもしれない。

「ひな菊さんに関わることで、仲三さん一家にとんでもないことが起きでもしたらと、そのことが心配なんですよ。亭主の女が絡んで、刃傷沙汰になったり、残された母子が心中したりするのは、昔からよくあることですからね。もし、ひな菊さんのことでそんなことにでもなったら、寝覚めが悪いってことにもなりますよ」

「お勝さん、よしておくれよぉ。そんなことになったら、『大黒屋』に疵がつくだけじゃ済まないんだからさぁ」

そう口にしたお梶は、邪気でも払うかのように小さく身震いした。

そして、はぁと大きく息を吐く。

「この根津権現門前町でお勝さんに逆らえば、この先、いざというときの力添えも頼めなくなるだろうしねぇ」

お梶が独り言のように呟くと、

「なんですかお梶さん。まるでわたしが悪霊かなんかみたいに言わないでくださいよ」

「悪霊の方が、お賽銭あげてお祓いをすれば、簡単に退散させられるんだけど。仕方ない、会わせますよ」

お梶は、長火鉢の縁に両手をついて、腰を上げた。

四

日が高く上がった時分の妓楼は、物音も人の声もなく、静かである。

お内証を出たお勝は、お梶に先導されて階段を上がる。

上がりきったところで、

「あら女将（おかみ）さん」

胸元を広げ、裾（すそ）をからげた女が、すれ違いざまに声を掛けると、階段をバタバタと下りていった。

「こっちへ」

お梶が向かったのは、階段を上がりきってから右へ曲がった廊下の奥である。

「ひな菊、わたしだけどね」

お梶は、閉まった障子の前で声を掛けた。

衣擦（きぬず）れの音がしてすぐ障子が開かれ、年の頃二十六、七の女が顔を覗（のぞ）かせた。

おそらく、ひな菊だろう。年増と呼ばれる年頃だが、世を遍歴（へんれき）した末に流れ着くような岡場所には、特段珍しいことではなかった。

「何ごとですか」

ひな菊は、お勝に向けた眼をすぐお梶に戻した。

「こちらは、うちが世話になってる『岩木屋』って質屋の番頭のお勝さんだ」

「勝です」

お勝が軽く会釈して名乗ると、

「こちらが、あんたの馴染みのことで話があるっていうことだから、相手をしておくれ」

「誰のことだろ」

ひな菊は、口をぽかんと開けると、虚空を見上げて小首を傾げた。

「ともかく、根津権現門前町のお勝さんは怖いお人だから、素直に話すんだよ」

そう言うと、お梶はその場を後にして階段を下りていった。

「ま、お入りよ」

障子の前を離れたひな菊は、六畳ほどの部屋に置かれた火鉢の傍に横座りをした。

「お邪魔しますよ」

お勝は、火鉢を間にひな菊と向かい合った。

「さっそくですがね」

そう口火を切ったお勝は、先日、仲三一家に起きた悶着の一切を、嘘偽りなくひな菊に伝えた。

「だけどね、何も、家の人を困らせてでも会いに来ておくれと言ってるわけじゃないんだし、あたしのせいにされてもさぁ」

ひな菊は、俯きがちになって、不満げに口を尖らせた。

「そりゃそうだよ。わたしだって、お前さんが悪いなんて言いに来たわけじゃないんだよ」

お勝がそう言うと、少し安堵したように、コクリと頷く。

「ただ、ひとつ、確かめたいことがあるんだよ」

「なんだろ」

「ひな菊さん、あんた、年季はいつ明けるんだい」

「この夏だけど。四月」

ひな菊は、軽く手の指を折って勘定すると、そう返事をした。

仲三から聞いたひな菊の年季明けと違いはなかった。

「年季が明けたら、こうしようとか、何か考えたり決めたりしてることはあるのかい」

お勝の問いかけに、ひな菊はふっと笑みを見せると、

「あたしのことを心配してくれてるのかい」

　眼を瞠った。

「あぁ、そうだよ」

　お勝がそう返答すると、だらりと横座りしていたひな菊は、少しばかり背筋を伸ばした。

「今は、これというものはないけど。さて、どうしたもんかねぇ」

　ひな菊は、まるで謡のようにのんびりとした調子で口にした。

「仲三さんは、お前さんと夫婦になるつもりになってましたがね」

　ひな菊が、『あ』という口の形をして、ぎくりとお勝を見た。

「どうやら、仲三さんの思い違いのようだね。だったら、仲三さんにははっきりと、そう言ってやってもらえないかねぇ」

　ひな菊は、いじけたように唇を尖らせる。

「この先、叶いもしない夢を見させるのは、罪作りだよ」

「何も、騙してたわけじゃないんですよ。年季が明けたら、小さな千代紙の店かなんか始めるのもいいし、いい人がいれば所帯を持つのもいいねなんて、言った

ような気はするけど。だけど、こっちも客商売だから、甘えもしますし、来てほしいから相手が喜ぶようなことも言いますよ。そんな手練手管を使うのは、色町の女だけじゃありますまい。居酒屋や、その辺の小間物屋が客にお愛想を使うのとおんなじこってすよ」

ひな菊は、どうだと言わんばかりに顎を突き出した。

「わかりますがね。これ以上仲三さんの金遣いが荒くなると、新しい着物も着せてもらえない二人の子供が可哀相なんだよ。その辺のことを料簡して、仲三さんとは切れてくれないかねぇ」

軽く唸ったひな菊は、手にした火箸をブスブスと火鉢の灰に突き立てる。

「これでなんとかなりませんかね」

お勝は、懐の巾着から摘まみ取った一分銀二枚をひな菊の膝元に置いた。

しばらく畳に眼を向けていたひな菊は、いきなり火箸を火鉢の灰に立てると、その手で二枚の一分銀を摘まみ上げた。

『大黒屋』の二階から下りたお勝が、お内証の外の廊下に立った。

すると、長火鉢を間にお梶と差し向かいに座っていた五十代半ばほどの老婆

が、

「ひな菊さんの用事は済んだようだね」

　廊下のお勝に軽く会釈を向けた。

「この人はね、年季が明けてからもうちの遣り手をしてた、お辰さんていうんだよ」

　お梶は、お勝にそう言うと、すぐにお辰に向けて、

「うちがよく世話になってる権現様近くの損料貸しの『岩木屋』の番頭で、お勝さんだよ」

　二人を引き合わせた。

「そりゃどうも」

　媚びを含んだ笑みを向けると、お辰は、二、三本歯の抜けた口の中を隠すように、慌てて両手で蓋をした。

「十年以上も前に遣り手から身を引いて、今は、髪集めが生業なんだよ」

　お梶の言う髪集めは、お勝も知っている。

　知り合いの髪結から不要な髪を貰ったり、家々を訪ね歩いて貰ったりして、かもじ屋に売るのである。中には、繁華な場所の道端に落ちている髪の毛を拾い集

めて洗い、それをかもじ屋に持ち込む剛の者もいると聞く。

先日『ごんげん長屋』を出た国松の女房のおたかも、暮らしの足しにと髪集めの仕事をしていた。

「何しろ、男と女が睦（むつ）み合うこういう場所にある夜具の上には、抜けた髪がこびりついておりますからねぇ。ひひひ」

口元を押さえて笑ったお辰は、

「それじゃわたしは、ひな菊さんのところにちょっと」

ぺこぺこと何度も辞儀をして、お内証を出ていった。

すると、お梶はお勝に向けて身を乗り出し、

「表向き髪集めをしているけれど、裏じゃ、小銭を稼ぎたい長屋のおかみさんや遊び代を稼ぎたい職人たちを集めて、賭場を開いているらしいね。よくは知らないけど」

取ってつけたような言葉を、最後に付け足した。

「賭博は、ご法度（はっと）だと聞いておりますが」

仕事柄、ときどき『岩木屋』に顔を出す土地の目明（めあ）かしの作造（さくぞう）から、そのようなことを聞いていた。

「ま、そうなんだけどね。お辰さんには、遣り手の時分、いろいろ助けてもらったこともあったから、うちへの出入りも大目に見てるんですよ」

そう言うと、お梶は火鉢の上にかざした両掌を揉み合わせた。

一月も下旬になると、町中では梅見の話が飛び交い始める。

根津権現門前町の妓楼『大黒屋』に行ったお勝が、ひな菊と話をしてから六日が経っていた。

日の入りから半刻ほどが経つと、夕餉の片付けを大方済ませた『ごんげん長屋』は静まり返り、夜の帳に包まれていた。

「おい、お勝っ」

静けさを破るような男の怒声が、路地に響き渡った。

「おっ母さん」

お勝とともに洗い終わった茶碗を拭いていたお琴が、怯えた声を出した。

「お前たちはここにいるんだよ」

お勝は、炬燵に足を突っ込んでいた幸助とお妙、そして流しのお琴に言い置くと、土間の下駄を履いて路地へと出た。

「お勝はどこだっ」

さっき同じ男の声が、井戸端の方から轟(とどろ)く。

「誰だい」

お勝は、井戸端の傍で足元をふらつかせている男の人影に向かってゆっくりと足を向けた。

「誰だい、怒鳴ってんのは」

井戸端に一番近い家に住むお啓が、戸を開けて怒鳴りつけると、足元をふらつかせている仲三の顔が明かりに浮かんだ。

「お啓さん、ここはわたしが」

「いいのかい」

お啓が心配そうな声を上げると、お六、藤七、栄五郎までもが戸口から顔を出して外の様子を窺う。

「こちら様は、わたしにご用のようですから、皆さんはどうか、家の中にいてください」

お勝は住人たちを宥(なだ)めると、仲三を自分の家の前へと導いた。

「おめぇ、『大黒屋』のひな菊に余計なことを吹き込みやがったろう」

仲三はお勝の背後で喚（わめ）いたが、それには答えず、

「お琴、幸助とお妙を連れて、沢木先生のところにお行きっ」

家の中に呼びかけた。

飛び出したお琴たち三人は、戸を開けて成り行きを見ていた栄五郎の脇をすり抜けて、家の中に駆け込んだ。

それを見たお勝が、

「お入りなさい」

と促すと、仲三はすんなりと土間に入り込み、崩れるように框に手をついて、腰を掛けた。

戸口から首を伸ばして様子を見ていたふたつ隣の家のお富に、『大丈夫』と言うように頷いて戸を閉めたお勝は、土間を上がると、仲三に向かって膝を揃えた。

両肩を大きく上下させる仲三の息から、酒の臭（にお）いがしている。

「『大黒屋』に行ったんですか」

お勝は静かに口を開く。

「ひな菊によぉ、おれとは金輪際（こんりんざい）会わないと言われたよぉ」

仲三がいきなり、怒りの眼差しを向け、

「おめぇ、ひな菊になんか言ったんだろうっ」

歯を剝き出しにした。

「わたしは、年季が明けたら、仲三さんと夫婦になるというのは本気かどうかを聞いたんですよ。それが客を摑む駆け引きなら、本当のことを言って、切れてくれと頼んだんですよ」

「それが余計だって言うんだよぉ！　ひな菊は嘘を言う女じゃないんだ。あんたが余計な口出しをしたから二の足を踏んだんだよぉっ！」

言うなり、体を捻った仲三が土間を上がって、お勝に飛びかかろうとした。

咄嗟に体を躱したお勝は、仲三の腕を取って軽く捻ると板張りに這いつくばらせた。

腕力なら男に敵うまいが、酔って足元の覚束ない相手に後れを取ることはない。

「大丈夫ですかっ」

いきなり戸を開けて土間に踏み込んできた栄五郎が、

「物音はそれでしたか」

お勝に押さえつけられた仲三を見て、はぁと息を吐いた。

すると、藤七とともに外で様子を見ていた大家の伝兵衛が、

「こういうことは近所迷惑ですから、自身番に連れていって、酔いを醒させた方がいいな」

「それじゃ大家さん、途中暴れるかもしれねぇから、おれと沢木先生とで連れていきますよ」

藤七が請け合った。

仲三の家族のことを思うと、自身番に繋げてしまうのは忍びないが、今後のためにも、伝兵衛の提案ももっとものことと思われた。

「わかりました」

お勝が手を放すとすぐ、両脇を固めた藤七と栄五郎が仲三を立ち上がらせる。

疲れ果てて気力もなくなったのか、仲三は藤七と栄五郎に支えられて、おとなしく『ごんげん長屋』の表へと連れていかれた。

「お騒がせしてしまって」

お勝が、戸口から顔を出して見ていた住人に頭を下げると、「気にしなくてもいいよ」とか「大事にならなくてよかったよ」などという労りの声が返ってき

た。

　そんな気遣いに頭を下げながら家の中に入ると、栄五郎の家に行っていたお琴と幸助、それにお妙が神妙な顔つきをして戻ってきた。

「今の人、志保ちゃんのお父っつぁんだね」

「あぁ」

　お勝は頷くと、子供たちに続いて土間を上がった。

「さぁ。寝る支度をしようか」

　お勝の声に返事もせず、子供たちは片隅に立てた二曲(にきょく)の小屏風(こびょうぶ)を畳(たた)み、積んであった夜具を板張りの薄縁(うすべり)の上に敷き始める。

「おっ母さん」

　夜具を敷く手を止めた幸助が、思いつめた声を出した。

「なんだい」

「さっきのおじさん、おっ母さんに、『大黒屋』って言ってたね」

　幸助が、おずおずと問いかけた。

「幸ちゃん、『大黒屋』がなんなの？」

　素朴に尋ねたのはお妙だが、お琴まで何ごとかと幸助に眼を向けた。

「なんでもない」

力なく答えた幸助は、お琴とお妙に手を貸して夜具を整え始める。

お勝は、流しに立って、中断していた茶碗拭きを再開した。

茶碗を拭きながら、眼の端に幸助の姿を捉える。

『大黒屋』のことを口にした幸助の胸中は、お勝にはなんとなく察せられた。

父親とはぐれた幸助は、五年ほど前、祭りで賑わう根津権現門前町の自身番で、目明かしの作造に保護された因縁があった。

その二年ほど前に、母親は突然前触れもなく行方をくらませていたと、作造に語っている。

当時五つだった幸助が語った事柄の断片を繋げてみると、女手を失った父親は幸助の面倒を見るのにも暮らしを立てるのにも行き詰まっていたようだ。

「おっ母さんがいるかもしれない」

五年ほど前のある日、幸助はそう口にした父親に手を引かれて、根津権現門前町へとやってきたのである。

根津権現社の祭りで混み合う岡場所で、父親とともに何軒かの妓楼を訪ねたが、どこにも捜す母親の姿は見当たらなかった。

父親に手を引かれて歩いていた幸助だが、人混みに揉まれるうちに手が離れ、はぐれてしまったのである。

人混みの中、父親を求めて捜し回ったものの、とうとう見つけられず、幸助はついに路傍にうずくまってしまった。

迷子になった幸助は自身番に預けられ、幸助の口から母親の名が〈お綱〉だと聞きつけた町役人や目明かしたちが、いくつかの妓楼に問い合わせてみると、『大黒屋』にいた〈紅葉〉という娼妓が〈お綱〉だと判明したが、五年以上も前に年季が明けてからのことは誰も知らないとのことだった。

迷子の幸助を、そのとき引き取ったのがお勝だったのである。

「ううっ」

お妙が、夜具の上で伸びをする声がした。

その横でお琴も寝転んでいたが、幸助はぼんやりと行灯に眼を向けていた。

幸助は、かつて母親が娼妓として仕事をしていたという『大黒屋』の名を忘れていなかったのだ。

父親と自分を捨てて去った母親への恨みの傷としてその名が刻まれていたのか、それとも、いまだに消えない慕情だろうか。

茶碗を拭き終えたお勝の口から、思わず小さなため息が洩れた。

五

根津権現門前町の表通りを急ぐお勝の口から、白い息が噴き出している。

夜は明けているが、日の出前の通りを行く人の数はまばらで、それが余計に寒々しい。

ほんの少し前まで、お勝は『ごんげん長屋』の井戸端で米を研いでいた。他に、研ぎ屋の彦次郎の女房のおよしや、植木屋の辰之助の女房のお啓もいて、朝餉の支度に取りかかっていたとき、

「お勝さん、大ごとだよ」

表通りの方から木戸を潜って駆け込んできた大家の伝兵衛が、井戸端で立ち止まって肩を大きく上下させた。

そして、息も切れ切れに、『大黒屋』のひな菊という娼妓が、客の男に刺されて大怪我(おおけが)をしたと口にしたのだ。

ほんの少し前、自身番に呼び出された伝兵衛は、詰めていた目明かしの作造からそのことを知らされたということだった。町内に異変があれば、町役人の伝兵

衛には、自身番に詰めている者からことあるごとに知らされることになっていた。

「刺したのは、ひな菊という女の馴染みの男だそうだ」

そのことを伝兵衛から聞いたお勝は、朝餉の支度をお琴に託し、急ぎ『ごんげん長屋』を飛び出して自身番に向かったのである。

目明かしの作造が詰めているのは、『ごんげん長屋』から二町（約二百二十メートル）ばかり北に行った四つ辻にある自身番だった。

「『ごんげん長屋』の勝と申します」

玉砂利を踏んで声を掛けると、

「おう、入ってくんな」

自身番の中から聞き慣れた作造の声が返ってきた。

同時に、上がり框の障子を開けた老爺が、入るようにと手で中を指し示した。

「ごめんなさいまし」

お勝が畳の三畳間に上がると、作造が町役人と思しき初老の男と詰めていた。

「八丁堀の佐藤様のとこには、うちの下っ引きを走らせたよ」

作造が口にした佐藤様というのは、南町奉行所の同心、佐藤利兵衛のことである。

「お勝さん」

そう呼びかけた作造が畳の間の奥を、顎で指し示した。

町中で悪事を働いた者や不審者などを留め置く板張りの三畳間には、ほたと呼ばれる鉄の輪が板壁に設えられていることはお勝も知っている。

「『大黒屋』のひな菊を刺した野郎だよ」

作造の声に、板戸一枚が開けられた隙間から奥を覗き込むと、背中に回した両腕を縛り上げられた二十四、五の色黒の男が、萎れたように膝を揃えていた。

その男の近くには、酔いの抜けたような仲三が、やはり萎れたように膝を抱えている姿があった。

「昨夜、お勝さんの家に怒鳴り込んできたあの男も、ひな菊に絡んでるというから、なんだか芝居の一場のようだよ」

そう口にした作造は、呆れたと言うようにため息を洩らす。

「仲三さんは、いつまでここに留め置かれるんです」

「ここに詰めていた番人を『不動店』に走らせたから、おっつけ、大家と女房が引き取りに来ると思うよ」

作造の返事に頷いたお勝は少し改まると、

「作造親分、ひな菊さんは、どうしてあの男に刺されたりしたんですかね」

お伺いを立てるように静かに問いかけた。

「刺した野郎は、清吉っていう担ぎの小間物売りなんだが、一年前からひな菊の元に通い詰めていた馴染みだよ」

作造の話に、ふと顔を上げかけた仲三の動きが、お勝の眼に留まった。

「年季が明けたら所帯を持つというひな菊の話を真に受けて、せっせと通っていたんだが、案の定、金が続かねぇ。それを知ったひな菊から、髪集めをしている知り合いの婆さんが素人賭場を開いているから、そこで金を作っちゃどうだと勧められたこの野郎は、親切ごかしとも知らずに賭場に通い詰めたっていうことだ」

作造の言う髪集めの老婆は、『大黒屋』のお内証で顔を合わせたお辰のことだと察しがついた。

小間物売りの清吉は、金がなくなると賭場に通い、大方は負けたが、勝った金はひな菊の揚げ代になったのだと、作造は続けた。

金に窮した客を繋ぎ留めておくために、ひな菊はお辰の賭場に通わせて揚げ代を作らせ、お辰は、そんな客を賭場に回してくれるひな菊に手数料を渡していたことを知った清吉は、夜明け前に『大黒屋』へ押し込んで、寝込んでいたひな菊を殺そうとしたというのが、事件のあらましであった。

「おれは、あの女狐(めぎつね)に騙されてしまった」

掠れた声を発した清吉が、俯いた口から涎(よだれ)を垂らし、悔しげに呻く。

その傍で話を聞いていた仲三は、抱えていた膝に己の顔を埋めた。

「仲三の女房を連れてきました」

外から男の声がして、障子が開いた。

「入んな」

作造が外に声を掛けると、継ぎ接ぎの袷(あわせ)を着たおきわが、息子の五十吉を連れて畳の間に上がり、板張りの間にうずくまっている仲三に眼を留めた。

「あんたっ」

おきわが声を掛けたが、仲三は顔を上げようともせず、膝の間にさらに顔を埋めようとする。

「大嫌いだっ」

呻くような声を発した五十吉が、袂(たもと)から取り出した火箸を手にして仲三をめがけて走った。

その五十吉の体を、お勝がすんでのところで抱き留めた。

「いけないよ、五十吉」

お勝がそう言うと、

「こんな奴、お父っつぁんじゃねぇ。お父っつぁんなんかじゃねぇよぉ」

涙をこぼしながら、五十吉は胸が張り裂けんばかりの思いを仲三に向けた。

自身番にいた者たちは、皆、声もなかった。

五十吉の泣き声だけが、狭い自身番の中に籠もっていた。

根津権現門前町一帯は、穏やかな午後の日を浴びていた。

質舗『岩木屋』を出たお勝は、風呂敷包みを抱えたおきわと並んで、藍染川の畔を歩いていた。

上の方で雨が降ったものか、川の流れがいつもより速いような気がする。

今朝、自身番から解き放たれた仲三は、おきわと五十吉とともに、一旦『不動店』の家に戻っていった。

だが、先刻、『岩木屋』に現れたおきわが、

「うちの人は着替えるとすぐ、今日からおれは、『染庄』の作業場に泊めてもらうと言って『不動店』の家から出ていきました」

お勝にそう告げた。

おきわはさらに、『染庄』に着替えを届けに行く前に、今後のことを相談したいと言うので、お勝はそれに応じたのだ。

二人は、『岩木屋』の近くで昼餉の蕎麦(そば)を食べながら、仲三との暮らしについて話をしたあと、蕎麦屋を後にしたのである。

『染庄』の親方に取り次ぎを頼むと、お勝とおきわは、庄五郎の住居の一室に通された。

「今朝やってきた仲三が、今日からうちに住み込ませてくれと言い出したんで、そのわけを聞こうかと思っていたところだったんだよ」

庄五郎親方は、おきわの顔を見るなりそう切り出した。

「そのことについては、お勝さんから話してもらった方が」

「わかりました」

お勝は、おきわに代わって話を切り出した。

入れ込んでいた『大黒屋』の娼妓、ひな菊との間を引き離そうとしたお勝に腹を立てた仲三が、『ごんげん長屋』に怒鳴り込んでくるまでの経緯を、大まかに庄五郎に伝えた。

「なるほど。そういうことでしたかぁ」

庄五郎は胸の前で両腕を組んだが、その表情に嫌悪感はなく、鷹揚に構えている。

「わたしに怪我をさせることもありませんでしたので、仲三さんがお上からお咎めを受けることはありません」

お勝の言葉に、おきわは相槌を打った。

「ただ、今度のことで、仲三さんは、おきわさんや二人の子供たちとの間に大きな罅を入れてしまいましてね」

「うん」

庄五郎は、小声で頷いた。

「ことに、胸を痛めた子供たちの傷は深いと思われます」

お勝はそう言うと、先刻、蕎麦屋で今後のことを話し合い、おきわには別居を勧めたと打ち明けた。

「決して離縁じゃないんです。当分の間別々のところで暮らすんです。そこで、子供たちの気持ちが静まり、仲三さんが仕事に励み、改心の情が湧いたら、そのときはもう一度ひとつになって暮らしを立てていけばいいのではないかと思うんですよ」

「なるほど。仲三はここで、おきわさんたちは『不動店』か」

庄五郎が一人合点すると、

「いえ。いっそ、わたしたちは江戸を離れようかと思います」

おきわは、躊躇いなく返事をした。

「さっき話をしてましたら、武州の草加に、叔母さん夫婦がいるそうですから、向こうが承知したら、しばらくそこに厄介になるということでして」

お勝が庄五郎に伝えると、おきわは、うんうんと相槌を打ち、

「親方、あんな人ですけど、このままここに置いていただけるんでしょうか」

おきわは両手をついて、庄五郎を窺った。

「あぁ。ここに置いて、おきわさんの代わりにわたしが仲三を厳しく見守ることにするよ。わたし一人じゃなんだから、ときどき、お勝さんにも仲三の様子を見てもらって、大丈夫となったそのときは、草加に知らせるというのではどうだい」

「ありがとうございます」

大声を出して、おきわは畳にひれ伏した。

「もし見込みがないと思ったら、夫婦別れを勧めるが、それでもいいね」

「はい」

庄五郎の問いかけに、おきわは、はっきりとそう返事をした。

お勝の眼には、おきわが以前に比べて、いくらか吹っ切れたように見受けられた。

しゃっしゃっしゃっとお勝が米を研ぐ音が、誰もいない井戸端に響き渡っている。

六つ（午前六時頃）の鐘が鳴ったばかりだから、そろそろ誰かが朝餉の支度に現れる頃おいである。

「おっ母さん、竈（かまど）に火を移したから米を早くって、お琴姉ちゃんが言ってる」

小走りに来たお妙にそう言われて、

「わかった」

お勝は、急ぎ研ぎ汁をこぼす。

家に引き返したお妙は、お琴と一緒に味噌汁作りに取りかかるのかもしれない。

米を研いだ釜に適量の水を注いだお勝が、家の方に向かっていると、

「おはようございます」

青菜やねぎを笊に載せて路地に出てきたお志麻から声が掛かった。

「おはよう」

お勝が返答するとすぐ、水桶を手に出てきたお富が、

「お勝さんとこは、今朝は暗いうちからどっかに出掛けてたんじゃありませんか」

と足を止めた。

「江戸を離れる人を見送りにね」

そう答えると、戸口の七輪に火を熾しているお妙の横をすり抜けて、お勝は家の中に入っていく。

そしてすぐ、火の熾きた竈に釜を載せた。

お琴は俎板でねぎを刻み、水桶を手にした幸助は井戸端へと駆けていく。

三日前に月が替わり、今日は二月の三日である。

お勝と子供たちは、夜明け前に起き出して、『ごんげん長屋』を出た。おきわと志保、それに五十吉が、七つ半（午前五時頃）には玉林寺門前町の『不動店』を出て、草加に向かうと聞いていたので、揃って見送りに行ってきたのである。

見送りには、仲三の姿はなかった。

妻子の行き先は、後日、『染庄』の親方から伝えてもらうことにして、仲三にはあえて伏せたのだと、おきわはお勝にそっと告げた。

玉林寺門前町を去ったおきわ母子の姿が、東叡山から根岸へと向かう道の向こうに消えるまで、お勝たちは見送った。

谷中から千住までは一里半（約六キロ）ばかりで、千住から日光街道を二里八町（約九キロ）ばかり行くと草加だから、今日中には着くはずである。

「蓋を取っておくれ」

水を運んできた幸助に言われて、お勝が甕の蓋を取った。

幸助は、桶の水を甕の中に注ぎ入れる。

「幸助、お前、この前『大黒屋』という名前を聞いて、どう思ったんだい」

小声でさりげなく尋ねると、

「何も思わないよ」

素っ気ない答えが返ってきた。

「言っておくけど、もし、産みのおっ母さんを恋しいと思うようなことがあったら、わたしに隠そうなんてしなくていいんだからね。自分の気持ちは表に出していいんだ。遠慮なんか、するんじゃないよ」

お勝は、穏やかな声で言い聞かせた。

すると、幸助の顔がにわかに緩(ゆる)み、小さな笑みを浮かべて頷いた。

藍染川の水面(みなも)が朝日を受けてきらきらと光を跳ね返している。

いつも通り、五つ（午前八時頃）まであと四半刻という刻限に『ごんげん長屋』を出たお勝は、いつも行く道ではなく、寄り道をしてから『岩木屋』に向かうことにした。

今朝、おきわたちが草加に発(た)ったことを知らせるつもりはなかったが、しばらく見ていなかった仲三の様子が気にかかっていた。

川岸を『染庄』の方に向かっていたお勝が、ふと足を止めた。

何かを洗う水音の方に眼を遣(や)ると、『染庄』の裏手を流れる藍染川に両足を浸(つ)

けて、藍に染まった布地を洗っている仲三の姿があった。

朝の空気も水も冷たいだろうに、仲三は一心不乱に、布を持った両手を水に浸けて洗っている。

おきわ母子が草加から帰ってくるのは、案外早くなるかもしれない。

ゆっくり歩き出したお勝の胸に、ふと、そんな思いが湧き上がった。

第三話　老臣奔走す

一

昼間は暖かみを帯びていた空気も、日暮れとともにひんやりとした。

一月の下旬から賑わっていた梅見の名所も、二月に入ってしばらくすると、盛りの頃の人出は嘘のように落ち着きを取り戻しているらしい。

その落ち着きも束の間のことである。

祭り好きの江戸者は、三日後に迫っている初午祭りや十五日の涅槃会を待ち望み、二月の末頃から花を咲かせる桜の季節の到来に、今から胸を躍らせるのだ。

二月五日の夜、根津権現門前町にある居酒屋『つつ井』に、『ごんげん長屋』の住人の何人かが駆けつけていた。

『ごんげん長屋』の木戸から表通りに出て、根津権現社の方へ右に向かえば、半町（約五十五メートル）ほど先に『つつ井』と記された提灯が下がっている。

『つつ井』の店の中の板張りは八分程度の客で賑わっているが、その半分くらいが『ごんげん長屋』の住人だった。

お勝をはじめ、元女郎のお志麻、植木屋の辰之助、鳶の岩造、十八五文の薬売りの鶴太郎が二列になり、並んで座った足袋屋の番頭の治兵衛と青物売りのお六を真ん中に据えて、向かい合っている。

年明け早々の一月、新たに『ごんげん長屋』の住人となった治兵衛とお六を歓迎する親睦の会を開こうという話は前々からあった。

だが、みんなの都合のいい日がなかなか決まらず、延び延びになっていた。

それで、お勝と辰之助、藤七や大家の伝兵衛が話し合い、集まる日を二月五日と決めた。

「その日に都合がつかない者は、いずれ別の日に集まればいいんじゃないか」

最年長の藤七の一言で、この日の夜に決行となったのである。

前々からの住人たちと新しく住人となった治兵衛とお六は、もうすでに顔馴染みになっていたから、飲み食いよりも、〈飲み〉の方に重きが置かれた集まりとなった。

したがって、飲めない住人と、他に用のある者は辞退していた。

「わたしが朝の支度をする時分には、治兵衛さんもお六さんも長屋を出ておいでだし、わたしの帰りはまちまちだから、お二人とは、まだゆっくりお話もできませんでしたねぇ」

お志麻は、治兵衛とお六の前に膝(ひざ)を突いてそう言うと、酌(しゃく)をした。

「そうでしたねぇ。わたしが商(あきな)いから戻ってくる時分には、お出掛けのことが多くてね」

お六は、酌をしたお志麻に笑みを返した。

日本橋の大根河岸で青物などを仕入れて町々を売り歩くお六は、朝の暗いうちに家を出るから、朝の井戸端で住人と顔を合わせることはめったにないのだ。

「わたし、『弥勒屋』の治兵衛さんとは、昔からの顔馴染みなんですよ」

「おや、聞き捨てならないねぇ」

お志麻の言葉に冷やかすような声を上げたのは、鶴太郎である。

「いやぁ、お志麻さんが妓楼(ぎろう)にいた時分、わたしどもの足袋をご贔屓(ひいき)にしていただきましたもので」

治兵衛がそう言うと、「なぁんだ」とか「なるほど」という声が上がった。

『弥勒屋』にかぎらず、根津権現門前町界隈(かいわい)の足袋屋は結構忙しいと聞く。

近隣には多くの寺社や武家屋敷があり、不忍池の周辺には芸者を招くような料理屋も多く、足袋の需要があった。

「しかし、治兵衛さん。洩れ聞くところによれば、十いくつかのときに『弥勒屋』の小僧になって以来、三十年以上も住み込み奉公だったそうだが」

辰之助の問いかけに、

「さようで」

治兵衛は笑顔を向けた。

「年の暮れ近くに番頭になった治兵衛さんは、やっと店の外から通えるようになって、『ごんげん長屋』の住人になったということだよ」

商家の慣習に少し通じているお勝が、奉公人の定めを口にした。

「てことは、所帯を持てるということでもあるね」

岩造がそう言うと、

「そうなんですよ。それが、わたしのこれからの楽しみと言いますか、へへへ」

だらしなく相好を崩した治兵衛は、酒が溢れそうな盃に口を近づける。

「治兵衛さん、年はいくつです」

「四十五になります」

治兵衛は、年を尋ねたお六に律義に返答した。

「それまであれかい、女遊びもしちゃいけなかったのかい」

酒に酔った岩造が、素っ頓狂な声を上げた。

「いえいえ。奉公人には年に二度、藪入りがありますから。十七、八ともなると、年かさの奉公人に連れられて、初めて色町に繰り出すんですよ。そうなると、足袋のお届けのついでに立ち寄る早業も覚えたりしましてね」

最後の方は声を低めて、治兵衛は一同に頭を下げた。

「しかし治兵衛さん、女は怖いから気をつけなさいよ」

「なんですよ、辰之助さん」

お勝が口を尖らせると、

「いやいや、お勝さんやお志麻さんたちは別ですよ」

大きく手を横に打ち振った辰之助が、庭木の手入れに行く先々で見聞きしたことを話し始めた。

「ご存じの通り、植木の手入れなんてものは庭や塀の外でするんですよ。同じ家に二、三日通っていると、その家の様子というものが、眼にしなくても見えてくるんですよ」

普段は口数の少ない辰之助の話に、誰もがつい耳をそばだてた。

家の中から聞こえる物音や人の声などから、家族間の不和を感じ取れるし、商いが火の車らしいことも伝わってくるのだという。

辰之助は、二、三日前から、湯島の料理屋に庭木の手入れで通っていると口にして、

「店の奥の、家族の住む建物の庭で仕事をしてると、いろいろなことが見えてくるもんだよ」

声をひそめた。

料理屋には出戻りの娘がいるのだが、辰之助が見るところ、素行などに難があるらしい。

「家の中のことはなんにもしないし、思いついたらふらりと買い物に出掛けたついでに美味(うま)いものを食い、後は芝居見物でね。そのうえ、家の者の眼を盗んでは、男を自分の部屋に誘い込んだり、言ってみりゃ、色惚(いろぼ)けさ」

そう言って、辰之助はしかめっ面(つら)をした。

「辰之助さんの話はよくわかりますよ」

声をひそめたお六は、大きく頷(うなず)くと、

「わたしの青物を贔屓にしてくれる家なんかに何年も通ってると、その家の内々のことまで知ってしまうことはよくあります」

小声でそう話した。

客の話し声や笑い声が飛び交っていて、周りを気にすることはないのだが、お六は用心したようだ。

「買ってくれる青物や芋などの数が変われば、家の中に人が増えたんだなぁとか、誰かがいなくなったんじゃあるまいかということまでわかるよ。嫁に来た娘と姑との仲の良し悪しなんかもね」

「なるほどねぇ」

岩造が感嘆の声を発して、胸の前で腕を組んだ。

「おれも方々の家を回るが、そういや、ご贔屓の家の様子はなんとなくわかってくるもんだよ」

鶴太郎も、感心したような口を利いた。

「いらっしゃい！」

突然、お運び女のお筆が大声を張り上げた。

外から土間に飛び込んできた左官の庄次が、

「お、みんな、まだいましたね」

笑みをこぼしながら板張りに上がり、お勝たちの方へとやってきた。

四つ(午前十時頃)の鐘が鳴り終わった質舗『岩木屋』前の道は、店を開けたときから賑やかな一団が行き交っていた。

「また絵馬売りですよ」

土間に下りた手代の慶三が、半分ほど開けた障子戸から外を眺めたまま口にした。

二日後に迫った初午祭りを前に、縁起物の絵馬や太鼓を売ろうという物売りたちの売り声が飛び交い、それについて回って口真似をしたり、囃し立てたりする子供の一団が、四半刻(約三十分)に一度は表を通り過ぎていくのだ。

初午は、子供のための稲荷社の祭事である。

例年、王子稲荷には多くの人々が押しかけて賑わうが、大店の裏庭や長屋の一角にも、小さいながらも稲荷の祠はあるから、初午祭りは町の隅々に浸透していた。

昨夜、『つつ井』の集まりに行ったお勝は、庄次が現れてすぐに、お志麻とともに『ごんげん長屋』に引き揚げた。今朝、井戸端で顔を合わせた岩造の女房のお富と辰之助の女房のお啓によれば、昨夜の酒宴は、五つ半（午後九時頃）ぐらいまで続いたということだった。

「番頭さん」

表を見ていた慶三から声が掛かった。

顔を上げたお勝は、慶三が大きく引き開けた戸の外に、荷を積んだ荷車が止まるのを見た。

車を曳いてきたのは、お仕着せのような紺の法被を身に着けた下男で、それに付き添って来たと思しき白髪交じりの侍が、

「おいでなさいまし」

戸口で迎えた慶三を一瞥しただけで、土間に入り込んだ。

「おいでなさいまし」

帳場を立ったお勝は、土間近くの框に膝を揃えて手をついた。

「それがしは、家名は憚るが、とある旗本家に仕える彦坂伴内と申す用人だが、今表に止めた車に積んでおる荷をこちらに質入れしたいので、値踏みをしてもらいたい」

彦坂伴内と名乗った用人は、五十の坂を半ばほど過ぎたように見える。

腰には大小の太刀を差し、羽織袴姿も板についているから、旗本家の用人ということに偽りがあるとは思えない。

「まずは、お品を拝見しますので、表からこの板張りに運び入れさせていただきます」

伴内に一言断ったお勝は、慶三に、

「手が足りなきゃ、蔵の茂平さんや要助さんに声を掛けるよ」

「わたしら三人でひと往復すれば運び込めると思います」

慶三は、お勝の申し出にきっぱりと返事をした。

「運ぶだけなら、それがしにもできる」

伴内は、自分が数に入らなかったのを不満に思ったのか、心外だというような物言いをした。

「それでは、彦坂様もお願い申します」

お勝は、土間の履物に足を通すと、伴内に会釈をして表へと出る。

外で待っていた下男は、荷物の山を縛りつけていた縄をとっくに外し終えていた。

「では運び入れます」

声を掛けて、お勝は高足膳を三段抱える。

「平助、その方も運べ」

「へい」

下男は、伴内の指示にしたがい、重そうな桐の箱を抱えて土間の中に運ぶ。

高足膳を店の中に運んだお勝は、次々に運び入れられる大小の桐の箱を帳場の前の板張りに並べ、取り出した中身を箱の前に置いたり重ねたりするのに専念した。

積み荷の運び込みは、男三人が二往復しただけで済んだ。

お勝は、最後に運び込まれた箱から五枚の皿を出して、板張りに重ねた。

「平助は外で待て」

伴内が指示すると、三十ばかりの下男は素直に頷いて、表へと出ていった。

「さて、こちらの見立てはいかがなものかな」

框に腰を掛けた伴内は、板張りに並んで座ったお勝と慶三を見て、威圧するような物言いをした。

「さようでございますね」

静かな声を出したお勝は、五段の高足膳、竹製の四段重ねの花見弁当箱、黒塗りに花の絵が描かれた弁当箱へと眼を移す。朱塗りの弁当箱の蓋を取ったお勝は、揃いの黒塗りの盃が五つ入っているのも確認した。

他に、抹茶碗ふたつ、壺ひとつ、能で使う小面、九谷焼の徳利とぐい呑み一式、色絵付けの皿が五枚あった。

「締めて、いくらになる。少なくとも、二十二、いや、二十三両になればよいのだが」

伴内は落ち着かない様子で口を開いた。

「お待ちくださいますよう」

返事をしたお勝は、帳場格子から算盤を持ち出すと、自分の膝に置いて、品々に眼を遣りながら値を弾き始めた。

すべての品物の値を算出したお勝は、伴内の近くに算盤を置く。

「いくらだ」

伴内は腰を曲げて、置かれた算盤に顔を近づけた。

「八両と二分というところでございます」

お勝の声に、覗き込んでいた伴内の上体が、ばね仕掛けのように起き上がった。

その顔には驚きが渦巻き、口を開けて何か言おうとするが声は出ず、せつなげな息が洩れ出るばかりである。

「そんな、馬鹿な」

やっとのことで、伴内の口から声が出た。

「よい品物もございますが、何分、使い古されたものばかりで、元の値には遠く及ばないのでございます」

お勝は、丁重に頭を下げた。

すると、伴内は顔を真っ赤にして眼を吊り上げると、

「ここには頼まぬ。引き揚げるゆえ、これらをすべて、荷車に戻せ」

腰を掛けていた框から跳び下りて土間に両足を踏ん張ると、伴内は、わなわなと震える声で吠えた。

二

質舗『岩木屋』の板張りに、昨日、彦坂伴内が持ち込んだ品々に加え、書画や蒔絵の手文庫、茶道具、香合わせの道具、青磁の香炉、銀の煙管などの喫煙具が

並べられたばかりである。

それらを見渡したお勝は、ふうと息を吐いた。

「昨日持参したものの他に、新たな品々を加えたので、再度見立ててもらいたい」

四半刻ほど前にやってきた伴内に頭を下げられ、お勝は嫌な顔ひとつせず、応じたのである。

外に止めた荷車に積んだ品々の運び込みも、今日は茂平の手を借りて五人でやったので、苦も無く済ませられた。

茂平は蔵に戻り、車を曳いてきた下男の平助は表で待つことになり、帳場周りにはお勝と伴内と慶三が残った。

「いかがか。使うておらぬ品もあるが」

伴内がお勝に値踏みを促すとすぐ、上野東叡山の方から鐘の音がし始めた。

八つ（午後二時頃）を知らせる時の鐘である。

「昨日の分と合わせましても、十二両と三分二朱というところでございます」

お勝は、捨て鐘三つと八つの鐘が鳴り終わる前に品々の値を弾き出すと、伴内に告げた。

「はぁ」

框に腰掛けていた伴内は、大きな息を吐くと、天を仰いでさらにもう一度、小さくはぁと息を洩らした。

「仕方ない。持ち帰ることにする」

呟くように口にした伴内は、気が抜けたように土間に立った。

その立ち姿に張りはなく、深い失意に包まれていた。

「彦坂様、古道具屋とか献残屋に持っていかれたら、わたしどもとは違う高値がつくということも、あるかもしれませんが」

お勝が、よかれと思って勧めると、

「それも思わぬでもなかったが、献残屋や古道具屋は、質屋と違って買い取りだ。質に預ければ、いつかは金を揃えて請け出すことができるではないか。当方は、これらの品々を、何も好き好んで手放したいわけではないのだ」

伴内の口から悲痛な声が吐き出された。

「ですが、わたしども質屋も、お預かりするのは八月と、お上からのお達しがございますが」

「八月か――」

そう呟いた伴内の口から、細いため息が洩れた。

お勝も傍にいた慶三も、これ以上助言のしようもなかった。

戸口に近づいて、戸障子を開けた伴内が、

「平助、品物を運ぶぞ」

外に声を掛けて、框へと戻りかけた足をふと止めた。

「こちらでは、石も預けられるのかの」

土間の片隅にふたつ転がされていた丸い挽き臼を見て、伴内が小声で問いかけた。

「なんでもというわけにはまいりません。その餅を搗く臼や挽き臼は、万一、質流れになりましても、損料貸しとして貸し出せますので、預かることにしておりますが」

「これから当家に来て、庭の石灯籠を見てくれぬか」

伴内は、お勝が言い終わらぬうちに言葉を発した。

「灯籠はしかし」

「ともかく、見るだけ見てくれ」

逸る気持ちを抑えきれぬような伴内の必死さに負けて、

「承知しました」

お勝は、板張りに手をついた。

お勝と伴内は、平助が曳く空の荷車の後から団子坂を上っている。

根津権現社の北方の駒込千駄木坂下町を左に曲がった先に団子坂はある。

「当家の庭にある二基の石灯籠を見て、質草になるようならば預けたい」

そう口にした伴内は、板張りに並べた品々は『岩木屋』に預けたまま、仕える旗本家の屋敷へとお勝を案内していたのである。

ひたすら坂を上り、日光御成道の手前の駒込四軒寺町に差しかかったところで、前を行く荷車が止まった。

「こちらへ」

伴内は、坂道から石段を三段上がったところにある棟門を手で示すと、先に立った。

お勝は屋敷の中に入ると、伴内に続いて式台を備えた玄関前を右へと折れた。

屋敷の全容は見えないが、建物の大きさや塀の長さから、四百坪はあると思われた。玄関の左手奥には、二十坪ほどの別棟があったが、おそらく、家臣の何人かが暮らす長屋と思われる。

母屋から張り出した建物を大きく回り込むと、巡らされた柴垣の間に作られた網代戸の木戸門を伴内が開け、その先の庭へとお勝を伴った。

庭の一角には池があり、その三方は竹や松などが植えられた築山になっていた。

「あれじゃよ」

池の畔に立つ大小二基の石灯籠を、伴内が掌で指し示す。

ひとつは三本足の石の雪見灯籠で、もうひとつは、高さ六尺（約百八十センチ）ほどの白太夫型の石灯籠である。

「二基で、二両と一分ほどかと存じます」

お勝は穏やかな声で値を告げた。

「昨日と今日持ち込んだ分が、十二両三分二朱。そして石灯籠が二両と一分。締めて、十五両と二朱。どう足掻いても、二十三両には足りぬということか」

そう呟いた伴内の声は、消え入りそうで、痛々しかった。

「わかった。石灯籠はともかく、運び込んだ品々を質に入れるかどうかは、追って知らせる。それまでは相すまぬが、その方の質蔵で預かっていてはもらえまいか」

伴内の申し出に、お勝は一瞬迷った。

預かっている間に、疵をつけたり、品物を紛失したりすれば、どんな無理難題を突きつけられるかという不安はつきものなのだ。

だが、この一両日の彦坂伴内の振る舞いからは、そのような仕打ちに出る人物には見えない。

「承知しました。お預かりいたします」

お勝はそう返事をして、屋敷を辞去した。

門を潜って坂道に出たところで、ふと、足を止めて振り向いた。

なんという旗本家か、屋敷にも門にも、家名を窺わせる手がかりは見つからなかった。

近隣の商家に聞けばわかるのだろうが、何もそこまですることはあるまい。家名を明かそうとしなかった伴内の気持ちを、お勝は尊重することにした。

『ごんげん長屋』のお勝の家の中に、湯気が立ち上っている。

お勝一家は、ふたつ並べた箱膳を二列置いて、四人が向かい合わせになって食事をするのだが、この日の夕餉はいつもとは少し違っていた。

四つの箱膳の真ん中に木の板が敷かれ、そこに置いてある七輪に載った鍋から温かそうな湯気が出て、家の中に広がっているのだ。

お勝が、彦坂伴内から預かった品々を、奉公人一同と蔵に収め終えたのは、店じまいの刻限間近だった。

それから店の中の片付けを済ませた後、家路に就いたのだ。

お琴が、七輪に載った鍋の蓋を取ると、湯気とともに醬油と出汁の匂いが湧き立った。

「ほう、団子汁じゃないか」

「お琴姉ちゃんとわたしで作ったんだよ」

お妙が得意げな顔をした。

「七輪の火を熾したのはおれだ」

幸助が口を挟む。

四つのお椀に団子汁を取り分けたお琴が、三人に手渡して、最後に自分の箱膳にも椀を置いた。

「朝の残りのご飯もあるけど、多分、団子汁をお代わりすれば、お腹いっぱいになるはずだよ」

「わかった」

幸助が、お琴に向かって大きく頷いた。

「それじゃ、いただこう」

お勝が切り出して、「いただきます」と四人が口を揃えて箸を取った。

「これは温まるねぇ」

ひと口汁を飲んだお勝が、しみじみと声にした。

温まるだけではなく、大根や芋、牛蒡にこんにゃくの具の他に、団子も入っているから、お琴が言ったように、結構腹に溜まりそうだ。

「しかし、お琴は腕を上げたもんだよ」

思わずお勝の口を衝いて出た言葉に、

「ありがと」

素直に笑みを浮かべたお琴に、お勝は眼を瞠った。

子供たちは、知らぬ間に成長しているのだと、つくづく思い知らされていた。

「今日ね、手跡指南所で、明日の初午祭りのことを教わったんだよ」

お妙が口を開くと、お勝の横に座った幸助が、食べながら相槌を打った。

「お師匠様の話だと、京の都にある伏見稲荷大社に神様が降り立ったのが、千年以上も前の、二月最初の午の日だったから、初午って言うんだって」

お妙が口にしたお師匠様というのは、『ごんげん長屋』の住人、沢木栄五郎のことである。

栄五郎が師匠を務める谷中瑞松院の手跡指南所には、お妙とともに幸助も通っている。

「お稲荷様っていうのは、もともと畑や田圃の神様なんだって。だから、山から現れる狐は、古くから田の神様として崇められていて、春の初めに狐に供え物をする習わしになって、お酒や赤飯と一緒に、狐と同じ色をした油揚げを置くようにしたんだって」

「あぁ。それで、『ごんげん長屋』の稲荷の祠にも油揚げがあるのか」

幸助が、お妙の話を聞いて大いに頷いた。

「幸ちゃんあんた、いつだったか、祠に供えてあった油揚げを盗んで食べたことがあったけど、罰が当たっても知らないからね」

お琴の一言に、「あ」と声にならない声を洩らした幸助の、箸を持つ手がぎくりと止まった。

そのとき突然、音を立てて戸が開いた。

「あぁっ！」

怯(おび)えた声を発した幸助が、体を硬直させた。

だが、土間に足を踏み入れたのはお啓で、すぐに路地に手を伸ばすと、亭主の辰之助の腕を摑(つか)んで土間に引き入れた。

「お啓さん、何ごとだよ」

お勝は笑み交じりで声を掛けた。

「この男がさ、明日、この前から庭木の手入れをしてる仕事場に行くのが嫌だなんて言い出したんですよ」

お啓は、横に立っている辰之助を顎(あご)で指し示す。

「辰之助さん、どうしたんですよぉ」

お勝が穏やかに問いかけると、

「いくらわけを聞いても、言わないから腹が立つんだ。お言いよっ」

横合いからお啓が口を挟む。

「いや、それが、嫌というか、どうもその、居心地がよくなくて、その、いろいろと」

ない。

辰之助は俯いてぼそぼそとものを言うのだが、何を言っているのか全くわから
「どこか、体の具合でも悪いのかい」

「そうじゃないんだが」

辰之助は、お勝の問いかけにもはっきりとしたことは言わない。

「ほんとにもう、あんたって人は前々からはっきりしないんだから。一事が万事そうなんだ。何ごともはっきりとけりをつけられない。だから周りからは、腹の底が見えないって言われるんじゃないか。腕はいいんだから独り立ちしろと、親方からも許しが出てるのに、自分の看板を掲げる踏ん切りがつけられないでいるだろう。一人で看板を背負える自信がないと言ってるが、それは、あんたの逃げだよ。ずっと逃げてんだ。もうそろそろ、両足を踏ん張って思い切ったことをしてもいいんじゃないのかい。行きたくないわけを、今ここで言うことから始めるんだよ」

お啓の話が終わると、辰之助の口から、はぁとため息のようなものが洩れ出た。

「おじさん、その仕事場は遠いのかい」

お琴が労るような声を向けると、

「遠くなんかあるもんか。不忍池の先の湯島だもの」

お啓の口から、根津権現門前町からほど近い地名が出た。

「わかったよ。仕事は行くよ」

渋々口にした辰之助は、家の中に一礼して路地へと出ていった。


二月に入って日が重なるごとに、陽気は春めいてきた。

慶三と車曳きの弥太郎が、大八車の左右に立って、梶棒を曳いている。

その後ろについたお勝は、大八車に続いて、駒込千駄木坂下町の四つ辻を左へと曲がった。

朝の五つ（午前八時頃）に、『岩木屋』の店が開くと同時に現れた彦坂伴内が、今日の四つ半（午前十一時頃）に、荷車を曳いて伴内の自邸に来てほしいと告げた。

詳しい事情は聞けなかったものの、お勝は伴内の依頼を受けたのである。

昨日の初午祭りは、一日中太鼓の音が鳴り響いた。

例年のことだが、初午の日、王子稲荷では凧市が立つ。

十八五文の丸薬を売り歩く鶴太郎は、王子に足を延ばしたついでに買ってきたという凧を、幸助にくれた。

凧は風を切って空を泳ぐことから、火伏の縁起物として家の中に飾っておけば、火事に遭わないと言われている。

お勝の家の隣の住人、研ぎ屋の彦次郎は、疲れぎみの女房のおよしを置いて、湯島の妻恋稲荷に行ったという。

稲荷で配られたお札を貰ったからと、『ごんげん長屋』の住人全員に配って回った。初午の日に妻恋稲荷で配られるのは、狐憑きから逃れられるというお札だった。


伴内から聞いていた屋敷の場所は、団子坂の上り口の手前だということだった。備中庭瀬藩、板倉家下屋敷の向かい側の、密集した武家地だという。

武家地に入って、最初の丁字路から三軒目が彦坂家の屋敷と聞いていたが、それはすぐにわかった。

小ぶりな木戸門に立った伴内が、ここだと言わんばかりに右手を振っていた。

「お待たせしましたでしょうか」

お勝が腰を折ると、

「いやいや、年を取ると気が急いていかぬ」

伴内は言い訳でもするように苦笑いを浮かべると、「入るがよい」と先に立ち、お勝たち三人を屋敷内に通した。

屋敷は、百坪にも満たない広さかと思われる。

建物の普請は質素で、華美な装飾などは一切なかった。

伴内は、建物の裏手に回ると、庭の一角に建った土蔵の扉を開き、

「この中に、質草になる品があるゆえ、値踏みを頼みたいのじゃ」

思いつめたような面持ちで言った。

「それじゃ、慶三さんとわたしが見ますので、弥太郎さんは外で待っておくれ」

「はい」

弥太郎はお勝に返答すると、大八車を蔵の脇に置いた。

伴内に導かれて土蔵の中に入ると、鎧櫃に載った甲冑、立て掛けられた槍、長持の上には、刀剣が二振り並べてあるのがお勝の眼に留まった。

「代々、当家に伝わる甲冑などだ。古いものだが、出来のいいものだと聞いておる」

伴内の顔には、切羽詰まったものが貼りついていた。

「何者か」

土蔵の外で、女の鋭い声がすると、

「根津権現門前町の質舗、『岩木屋』の者です」

弥太郎の声も届いた。

するとすぐに、女の問いかけにしどろもどろになって返答する弥太郎の声が続いたが、細かい内容まではわからない。

「伴内殿は、蔵の中においでですかっ」

怒声に似た女の声が轟くと、伴内の顔は強張り、さらに身をも硬直させた。

三

土蔵の中に姿を現したのは、地味な着物を着た五十代半ばの武家の妻女である。

お勝と慶三を一瞥した妻女は、伴内にぴたりと眼を留めた。

「か、帰りは、昼過ぎではなかったのか」

努めて平静を装おうとした伴内の声は、掠れている。

「貞江殿の出産は、一日二日遅れるということですので、今日は引き揚げてまいりました」

妻女は木で鼻を括ったような物言いをした。

「これは、妻の鈴江でしてな」

伴内はお勝に砕けた物言いをしたが、鈴江からの反応はなかった。

「貞江というのは、鈴江の父方の姪で、その」

「伴内殿、何も身内のことを話すことはありますまい」

鈴江に話を断ち切られた伴内は、おろおろと頷く。

「外の者に聞けば、質屋が蔵のものを引き取りに来たと申しておりますが、お前様は、我が家に代々伝わるこれらの品々を、質草になされるおつもりですかっ」

嵩にかかって問い詰める鈴江を前に、伴内はただ、棒立ちになっている。

「いったい、何ごとですかっ」

若い男の声がして、一人の若侍が足音を立てて土蔵の中に飛び込んできて、

「これは――！」

お勝と慶三を見た眼を、並んだ甲冑などに向けた。

「平八郎殿、よいところへ参った。お父上が、これらの品々を、こともあろう

に、質屋の者に見せて、値踏みをさせておいでだったのじゃ」

「やはり」

ため息とともに呟きを洩らした若侍が、長持の端に腰を掛けた。

「今朝、お屋敷に出仕しましたところ、父上は今日、休みたいとの知らせがあったというではありませんか。それで、体調に異変があったのではと思い、こうして駆けつけたのですが」

そう言うと、平八郎と呼ばれた侍は、またしても大きなため息をついた。

「お前様は、わたしが今日、本郷へ行くのをいいことに、これらを質に入れようとなされたのですね」

鈴江の追及に、伴内は依然、何ひとつ申し開きをすることができないでいた。

「お前様のお家の品ならまだしも、彦坂家に養子に入られた分際で、当家に伝わる品々を勝手に売ろうなどとは言語道断の振る舞いではありますまいか」

「すまぬ」

一言発した伴内は、その場に膝を揃えると、鈴江に向かって手をついた。

「殿には、金の工面が迫っておったゆえ」

伴内は、やっとのことで口を開いた。

「父上、それはもしかしたら、例の、朝比奈家の養女に関わる五十両のことでしようか」

平八郎がそう口にすると、

「お家の名をめったに口にするでないぞ、平八郎」

伴内が静かに咎めた。

「平八郎殿、五十両とはなんのことか、母にわかるよう、心して話をするがよい」

鈴江の野太い声は、伴内と平八郎を黙らせるには十分な重さに感じられた。

「父上のお傍で用人の見習いをしておりますと、このところ榊原家では金策に奔走されているご様子。用人はじめ、お納戸方の皆様のご苦労は、相当なものと洩れ聞いておりました」

そう言うと、平八郎は大きく息をついた。

「我が家にとって、榊原様は主家に相違ないが、何ゆえ、用人の伴内殿が金策に飛び回らなければならぬのか。主家に入り用な金策は、勘定方のお務めではないのか」

「勘定方の木内様にしても、頭を抱えておられるのだよ」

主家を非難する鈴江を、伴内は恐る恐る宥めにかかった。

「主家のお内証の逼迫が家臣のせいならともかく、榊原家は幕府御賄頭を務める五百石の旗本ではありませぬか。たかだか五十石の彦坂家が、何ゆえ品物を質に入れてまでご用立てしなければならぬのでございましょう。伴内殿、彦坂家の持ち物は、一切質になど入れるつもりはありませんので、ご承知願います」

厳然と言い置いた鈴江は、踵を返して土蔵の外に出ていく。

平八郎は、ひとつため息をついて、鈴江の後について出ていった。

お勝と慶三は、空の大八車を曳く弥太郎とともに、彦坂家を後にした。

密集した武家地から、団子坂へと上る道に出たところで、足早に近づく草履の音に気づいた。

お勝たちの背後から、袴の裾を撥ねるようにして、伴内が足早に近づいてきた。

「番頭さん、今日はすまなかった」

「いえ」

お勝が小さく首を横に振ると、慶三と弥太郎は、控えめに会釈をした。

「煩わしてしまった事情を話したいゆえ、少し、間をくださらんか」

「それは構いませんが、どこで」

お勝が尋ねると、

「その妙林寺がよかろう」

伴内は、武家地の東側と境を接している寺の山門を手で示した。

慶三と弥太郎を先に行かせると、お勝は、伴内にしたがって境内に足を踏み入れた。

「先ほど、妻が口にした通り、それがしは、幕府御賄頭、五百石の旗本、榊原監物家の用人でござる」

本堂の階に並んで腰を掛けるとすぐ、伴内が口を開いた。

御賄頭とは、城内の食料品の出納や、膳部や器などの道具の調達まで掌るお務めである。

今年三十五の監物は、昨年の十一月に離縁した妻女に、嫁入りの際に持参した五十両という金額を返さなければならないのだという。

「五百石とはいえ、商人とは違い、屋敷の蔵に小判が貯まっているわけではない。五十両は大金でござる。暮れのうちに、二十七両と三分は借り集めたのだが、残りの二十二両と一分が、どうにもこうにも集まらぬ。それで、思い余った末に、お屋敷の納戸や蔵に眠る品々を金に換えることにしたのが、此度の発端でござる」

伴内の告白に、お勝は得心した。

嫁入りのときに持ってきた持参金というものは、離縁となったら、嫁側に返さなければならない慣習があるということは、お勝が旗本の建部家に奉公している時分、朋輩から聞いたことがあった。

「監物様は、これが、二度目の離縁でござる」

そう口にして、伴内は小さくはぁとため息を洩らした。

一度目は、三年経っても子が出来ず、両家とも納得したうえでの離縁と決まった。

それから一年が経った三年前、榊原監物は、千鶴という二度目の妻を迎えたという。

此度の騒動は、離縁した千鶴に返さなければならない持参金の金策の一環だった。

「仕方のない離縁なら苦労もいとわぬが、あんな嫁のために身を粉にしなければならぬのが、いかにも口惜しい」

伴内は、悔しげに袴の上から膝を叩いた。

離縁は、実家の法事で里帰りした際に千鶴が起こした不埒が原因だったと、伴内は打ち明けた。

不埒とは、夫以外の男との〈不義密通〉のことである。

旗本家の妻女の里帰りともなると、婚家から付き添いの侍女が二人は付き従うのだが、千鶴が芝居茶屋で役者と密会したことを一人の侍女が察知して、榊原家に報告をした。

烈火のごとく怒った監物は、千鶴と役者を重ねて叩き斬ると息巻いた。

かつて、妻の不義密通は斬り捨てても罪には問われなかったが、当節は、内済とすることがもっぱらとなっている。

しかし、妻の不貞に気づかなかったとなれば、榊原家も監物も面目を失うことにもなる。

それで、千鶴を『当家の気風に合わぬ』という理由で、離縁したのだ。

「周りから聞こえてくる話ですと、お武家の嫁入りの持参金というのは、五両から十両くらいだと聞いております。それが、五十両というのはあまりにも」

「千鶴様のお家がお家でしたからな」

伴内は、お勝の不審に途中で口を挟み、

「先々代は勘定奉行を務められたこともあるお旗本、朝比奈家のご養女だったのじゃよ」

と、そう続けた。

「ご養女というと」

お勝は、高まった好奇心を抑えて、さりげなく尋ねた。

「千鶴様の実家というのは、湯島でも名高い『吉祥』という料理屋なのだ」

伴内は力のない声でそう言うと、細く吐息を洩らした。

その料理屋の評判は高いのだが、主人はさらに、店の箔というものを求めたようだと、伴内は続けた。

「つまり、娘を前々から誼のある旗本家の養女にし、さらに、いずれかの旗本家に嫁がせたとなると、『吉祥』の名に箔がつくということだったのじゃろう」

伴内は憶測を交えて話をしたが、おそらくその通りだろうと思われる。

もしかしたら、榊原監物の最初の妻が離縁となったことを知った『吉祥』の主人が、朝比奈家に橋渡しを頼んだということも考えられる。

千鶴が、朝比奈家から嫁入りした際の持参金五十両は、実のところは『吉祥』から出たのだろう。『吉祥』に箔がつき、その後の繁盛が見込めれば、五十両くらい安い出費だったのかもしれない。

「千鶴様が養女であろうとなんであろうと、持参金の五十両は当時の榊原家には恵みの雨であったのじゃよ。最初の奥方と離縁となってから一年以上も、十両の持参金の返却すらできぬような事情を抱えておったゆえ、朝比奈様からの縁談はありがたいことこのうえなかった。しかし、今となってはそのときの持参金五十両が、仇となった」

そう話し終えた伴内は、大きく息を吐いて、項垂れた。

「町人たちには、直参だ旗本だというと、さぞかし贅沢三昧の暮らしをしていると思う向きがあるやに聞いておるが、それは内情を知らぬ者の言い草なのだよ。中には一万石に手の届くほどの石高を持つ旗本もある。家の格からすれば、大名家よりも由緒のあるお旗本もおいでになる。だが、台所事情はとんと寂しいものでなぁ」

しみじみと口にした伴内の心情は、お勝には手に取るようにわかる。

二千四百石取りの旗本、建部家に奉公していた頃、困窮する旗本家が多くあることは、方々から耳にしていた。

無役の旗本の中には、困窮の末に娘を吉原に売ったお家もあったという。たとえ役職にあっても、同僚との交際、上役への進物、付け届けを欠かすことはできない。家格によって、屋敷に置く郎党、中間、陸尺などの人数も決められていたので、経費節減のためにと、勝手に人数を減らすこともできなかった。

「朝比奈家に、月割りの支払いを願い出られてはいかがでしょうか」

お勝が恐る恐る口にすると、

「そのようなことが知れたら、当家は世間の笑いものではないか。情けないまねなどできぬ」

背筋を伸ばした伴内は、日の翳り始めた境内に向けて、怒気を含んだ声で言い放った。

『ごんげん長屋』は夜の帳に包まれ始めている。

夕餉を摂り終え、三人の子供たちと片付けを済ませた後、お勝は家から路地に出た。

彦坂伴内の屋敷に行った日の夜である。

『岩木屋』の仕事を終えた帰り道、通りかかった煮売り屋から買った煮豆を夕餉の膳に並べると、三人の子供たちから好評を得た。

「辰之助のおじさんがいつもより早く長屋に帰ってきたんだけど、その後、おばさんの怒鳴る声が続いたんだよ」

夕餉の最中に、お琴からそんな話を聞いたお勝は、六軒長屋の一番井戸寄りにある、植木屋の辰之助夫婦の家に向かったのだ。

「勝だけど」

辰之助の家の戸口で声を掛けると、

「どうぞ」

少し尖った、お啓の声がした。

お勝は、土間に足を踏み入れるとすぐ、お琴が聞いた怒鳴り声のことが気になって来たのだと告げた。

すると、炬燵に足を入れて横になっていた辰之助が、もぞもぞと体を起こした。

流しで茶碗を拭いていたお啓が、

「この人がねぇ、今、庭木の手入れに行ってる仕事を、親方の了解も取らずにやめてきたって言ったもんだからね」

そう言うと、炬燵で背を丸めている辰之助を睨みつけた。

「仕事先からの帰りに親方のところに寄って、わけも言わずにやめてきたことを伝えたら、馬鹿野郎って怒鳴られたそうだけど、当たり前ですよ」

辰之助に向けて口を尖らせたお啓は、

「親方にも言えないわけっていうのはなんなんだい。わたしやお勝さんにも言えないことなのかい」

布巾を水切りの笊に放り投げると、お啓は辰之助の前に膝を揃えた。

「仕事先をやめたわけをお言い」

お啓がぐいと顔を近づけたが、辰之助は眼を逸らすように俯く。

「ほら、いつもの通りのだんまりだよ。嫌んなるよ、ほんとにもう」

お啓は、片方のこめかみを親指でぐりぐりと押した。

「わたしの出る幕じゃないようだから、邪魔をしたね」

屈託なくそう言うと、お勝は路地へと出た。

「わざわざ来てもらって、悪かったねぇ」

背中でお啓の言葉を聞いたお勝は、

「なぁに、構わないよ」

陽気な声を張り上げた。

日が昇って半刻（約一時間）以上も経った根津権現門前町はすっかり明るい。

表通りを出職の職人や奉公人が足早に行き交い、その間を縫うように、荷を積んだ荷車が駆け抜け、何人もの棒手振りが、声を張り上げながら小路へと走り込んでいて、町は活気に満ちている。

『ごんげん長屋』を出て、根津権現社の方へ歩を進めていたお勝は、背後から近づく足音に気づいた。

振り向くと、道具の袋を肩に担いだ辰之助が、半纏の裾を翻して近づいてきた。

「今日の仕事は、こっちの方なのかい」

「お勝さんに、ゆんべ言えなかった事情を聞いてもらおうと思って」

思いつめた顔で、辰之助はそう述べた。

「立ち話もなんだから、歩きながらでもいいかい」

お勝が尋ねると、

「今日は、後で親方のところに顔を出すだけだから」

辰之助はそう返事をして、お勝と並んで歩き出した。

「実は三日前の夕刻、おれが庭木の手入れに行ってる料理屋の出戻り娘が、不忍池の弁天堂近くの出合茶屋から出てきたところに出くわしたんだよ。そのうえ、眼まで合わせてしまってね」

辰之助はそう言うと、さも困ったように首を捻った。

「見ちゃまずかったのかい」

「娘は出戻りだからなんてことはないだろうが、一緒に出てきた相手がさぁ」

そう口にすると、辰之助は声をひそめて続けた。

娘と出てきた男は、投げ頭巾を被った道服姿だったが、僧侶に見えたという。

「話に聞くと、寺の坊主っていうのは、女に手を出すと女犯の罪というのがあって、日本橋に三日晒されたあげくに島流しになるそうだ。となると、女の方だってただじゃ済まなくなる。てことは、出合茶屋の表で二人の顔を見たおれが邪魔になるってことですよ。だから、おれの口を塞ごうとする女に、命を狙われるんじゃないかと思い至って、昨日、出入りをやめることにしたわけだ」

「まさか。辰之助さん、それは考えすぎじゃないかねぇ」

「何も、その二人が手を汚さなくても、金で雇った連中に殺させる手もあるしね」

「いや、それこそ辰之助さん」

お勝は、辰之助の高ぶりを抑えようと口を挟んだが、

「何せ、湯島の料理屋『吉祥』の娘だから金はあるんだ。人殺しなんぞなんとも思わない荒くれ浪人や破落戸を雇い入れるぐらい、なんともねぇと思いますよ」

辰之助は眼を吊り上げて反発すると、「うちのかかぁには黙っててもらいてぇ」と言い置いて、『ごんげん長屋』の方へ急ぎ引き返していった。

見送るお勝の耳の奥に、「『吉祥』の娘だから」という辰之助の声が蘇っていた。

四

日は中天にあったが、嫌になるような暑さはない。

お勝と車を曳く弥太郎は、池之端七軒町の御家人の屋敷に損料貸しの雛壇飾り一式を届けに行った帰りである。

雛祭りが迫ってからだと、損料貸しの雛壇飾りが底を突くと踏んだ顧客が、

早々と借り入れたのである。

昼前は、質入れや質草を請け出す客の相手で、質舗『岩木屋』はてんてこ舞いであった。

手代の慶三と二人ではなんともならず、主人の吉之助にも客の対応をさせてしまった。

その騒ぎも九つ（正午頃）の鐘が鳴る時分には収まって、奉公人たちは、手の空いた者から順番に、主人一家が使う店の奥の台所の板張りへ駆け込み、昼餉の焼き餅で腹を満たすことができた。

車を曳く弥太郎とともに、根津権現門前町の表通りを中ほどまで進んだとき、お勝が『弥勒屋』の看板を掲げた足袋屋の前で足を止めた。

「弥太郎さん、わたしはここでちょっと用事を済ますから、先に帰っておくれ」

「ごゆっくり」

弥太郎はお勝に返事をすると、空の大八車を曳いて根津権現社の方へと軽やかに向かっていった。

「おいでなさいまし」

お勝が『弥勒屋』の土間に足を踏み入れるとすぐ、板張りで立ち働いていた手代や小僧から声が掛かった。

「おや、お勝さんじゃありませんか」

顔を上げた治兵衛は、帳場格子から立って、お勝が立っている土間の近くで膝を揃えた。

「足袋のご用でしょうかな」

治兵衛は番頭らしく、丁寧な口を利いた。

「実は、治兵衛さんに相談したいことがあって、つい立ち寄ってしまったんですよ」

お勝がそう言うと、

「それじゃ、奥の方で」

治兵衛が指し示したのは、出入り口から遠い、土間の一番奥である。

移動した治兵衛の近くの框に腰を掛けるとすぐ、

「湯島の辺りで、近辺の料理屋に人を世話している口入れ屋に心当たりはありませんかねぇ」

お勝は声を低めた。

「それなら、神田明神下の『桂抄庵』さんですな」

間髪を容れず、治兵衛は口入れ屋の名を口にした。

「その『桂抄庵』さんは、湯島の料理屋の『吉祥』あたりに人を遣っておいででしょうかねぇ」

お勝が恐る恐る尋ねると、

「『吉祥』さんから一番信用されてるのが、源八さんの口入れ屋『桂抄庵』なんですよ」

そう口にして頷いた治兵衛は、主の源八とは以前からの知り合いだから信用できると言い、治兵衛の名を出せば『岩木屋』が喜ぶような人を世話してくれるはずだと太鼓判を押した。

「いえ。『岩木屋』が人を雇い入れたいというのじゃないんですよ。わたしがその、『吉祥』さんのことを知りたいわけがあるもんですから」

お勝はしかも、『吉祥』の店の方ではなく、かつて、主一家の住まう奥向きの用事をしていた女中や下男に会って、話を聞きたいのだと打ち明けた。

「詳しいことは言えませんが、何も悪事を働こうというのじゃありませんから、それはくれぐれも」

「お勝さんの人柄は、よぉくわかっておりますですよ」

治兵衛はそう言うと、真顔で大きく頷いた。

そして、

「『桂抄庵』の源八さんには、当たり障りのない事情を話して、以前、『吉祥』の奥向きで働いたことのある何人かに声を掛けてもらうよう、わたしから頼んでみますよ」

治兵衛はそう請け合ってくれた。

あまりにもうまくことが運んで、お勝は拍子抜けしたようにぽかんと口を開けてしまった。


お勝が足袋の『弥勒屋』に治兵衛を訪ねた翌日の夜である。

夕餉の後、お勝とお琴は、行灯を間に置いて袷の綻びの繕いに没頭していた。

近くでは、幸助とお妙が、何本かの竹の棒を手の甲に受ける〈竹返し〉という遊びに興じている。

「隣の治兵衛ですが」

戸口から治兵衛の声がした。

「はぁい」

お勝が返事をしたが、

「おれが出る」

と、戸を開けたのは幸助である。

「どうぞ。お入りになって」

針を針山に刺したお勝が、土間の近くに膝を揃えると、

「お勝さん、湯島の口入れ屋『桂抄庵』からさっそく知らせが来まして、以前、『吉祥』で働いたことのある女子衆(おなご)三人が、会ってもいいという返事をくれたようですよ」

土間に立った治兵衛はそう言うと、大きく頷いた。

「そりゃありがたい。それで、会う段取りはどうしたらいいもんですかねぇ」

「三人とも、明日でも明後日(あさって)でもいいが、できれば根津か下谷(したや)辺りで、昼の八つ半（午後三時頃）以降がよいと言ってるそうですがね」

「わかりました。場所と刻限を決めたら、明日の早いうちに治兵衛さんにはお知らせします」

「承知しました」

軽く頷いた治兵衛は、

「これは、帰る途中、傘屋の隣の菓子屋で思わず買った饅頭ですが、お子たちとどうぞ」

手にしていた小さな包みをお勝に差し出した。

「そりゃ、どうも」

お勝が受け取ると、

「ありがとうございます」

三人の子供が一斉に声を張り上げた。

「いやいや。それでは、おやすみ」

笑みを浮かべた治兵衛は、満足げな様子で路地へ出て、静かに戸を閉めた。


根津権現社の境内は西日に輝いている。

東は谷中の台地、西は本郷の台地に挟まれた根津一帯は、他所に比べて日の出は遅く、日の入りは早い。

八つ（午後二時頃）の鐘が鳴っておよそ半刻が経った静かな午後の境内には、参拝や庭見物の人の行き交いがあった。

表参道口から境内に足を踏み入れたお勝は、根津裏門坂に近い境内にある茶店『おきな家』へと向かった。

『吉祥』で働いたことのある女子衆三人に話を聞けることになったと、治兵衛から知らせを受けたのは、二日前の夜のことだった。

そして昨日の朝、仕事に出掛ける治兵衛に、〈明日の昼の八つ半（午後三時頃）に、根津権現社裏門の茶店『おきな家』で待つ〉旨を伝えていたのである。

『岩木屋』の主、吉之助の許しは得ていたものの、万一この日の午後も忙しい場合は、日延べをする覚悟はしていた。しかし、八つを過ぎた時分から客の姿はめっきり減り、慶三は蔵番の茂平に頼まれて質草の整理に駆り出されるほどであった。

「ごめんなさいよ」

障子戸を開けて『おきな家』の土間に足を踏み入れると、

「この人が、お勝さんだよ」

主の徳兵衛が、土間の奥の縁台に並んで腰掛けていた二人の女に声を掛けた。

「待たせましたかね」

お勝が近づくと、二人の女は立ち上がり、

「わたしたちも、たった今来たばかりでして」

右眼の下に黒子のある三十くらいの女が、軽く会釈をした。

「お二人とも、お掛けなさいな」

お勝は、二人が腰掛けるのを待って、自分も向かいの縁台に腰を掛け、

「おじさん、お茶と蒸かし饅頭をお願いしますよ。もう一人も、おっつけ来ると思うから、人数分ね」

奥へと声を張り上げた。

「おぉ」

徳兵衛からは、愛想のない声が返ってきた。

「わたしは、こんと申します」

黒子のある女が、よく通る声で名乗った。

「わたしは、園っていいます」

色白で下膨れのお園は、おこんと年恰好は似ている。

戸を開けて入ってきた女が、お勝たちに眼を留めた。

「お半さんだ」

おこんが呟くと、肩も腰部も肉づきのいい、四十過ぎと思しき女が近づいてき

て、お勝の前に立った。

「お勝さんですね」

「さようで」

お勝が立ち上がって返事をすると、

「半といいます」

丸顔に笑みを浮かべて、お勝に会釈をすると、すぐにおこんとお園を向いて小さく頷いた。

「それじゃ、お半さんは、わたしの横に」

お勝とお半は、同時に並んで掛けた。

口入れ屋『桂抄庵』の紹介でやってきた三人は、『吉祥』で働いていた時期が重なっていて、顔見知りなのだとお半が口を開いた。

おこんとお園が、下女として『吉祥』で働いていたのは五年前から去年の初冬(しょとう)までだという。お半に至っては、二十年前から年季奉公を重ね、去年の秋に辞(や)めたばかりだった。

「『桂抄庵』の源八親方によれば、足袋屋の治兵衛さんのお知り合いだとか」

「えぇ。根津の同じ長屋の住人でして」

お勝がそう言うと、

「お半さん、長いこと手代だった治兵衛さんも、やっと去年の暮れに番頭になって、ついに通い奉公になったそうですよ」

おこんが付け加えると、お半がうんうんと大きく頷いた。

「『桂抄庵』の親方が治兵衛さんから聞いた話によれば、お勝さんの娘さんが『吉祥』で奉公する運びだとかなんとか」

お半に問いかけられたお勝は、

「それで、『吉祥』さんがどんな様子なのかを知りたいと思って治兵衛さんに相談したら、口入れ屋の『桂抄庵』さんから、皆さんを引き合わせてくださることになったようなわけで」

昨日、治兵衛と話を合わせた通りのことを口にした。

そこへお盆を持った徳兵衛が来て、ふたつの縁台に四人分の茶と饅頭を置くと、何も言わず奥へと消えた。

「他の料理屋や旅籠(はたご)でも働いたことがありますけど、働きやすさでいえば、『吉祥』さんは一番でしたね」

「細々とうるさいことを言う人もいなかったしね」

お園は、おこんの意見に同調した。

「旦那さんもおかみさんも礼儀には厳しいしうるさかったけど、奉公人を大事にするお人でしたよ」

「それはそう」

おこんが、お半の感想に賛同の声を上げた。

「このわたしが、二十年も『吉祥』で働いたというのは、そういうことなんですよ」

お半は、お勝に向かって小さく頷いた。

「皆さんどうぞ、お茶をおあがりながらでも」

お勝が勧めると、それぞれ、湯呑を持ったり饅頭を摘まんだりした。

「たしか、『吉祥』さんには、出戻った娘さんがおいでのようですけど、そのお方のお人柄というのはいかがなもんでしょうねぇ。いえ、うちの娘がそのお方のお世話をすることになるかもわからないものでして」

「あぁ、千鶴さんねぇ」

小さく声にしたお半は、口に運びかけていた湯呑を、ふと止めた。

すると、おこんとお園の様子にも微妙な変化が見て取れた。

おこんの顔には、何やら含んだ笑みがあったし、お園の顔には、わずかに強張りのようなものが窺えた。

だが、千鶴への嫌悪や憎悪という類のものとは思えない。

「千鶴さんは奔放なお人ですから、最初は戸惑うこともあるだろうけど、奉公人をいたぶったり、泣かせたりするようなことはありませんよ」

お半の言葉に、おこんとお園は大いに頷いて、同意を示す。

「ただまぁ、その奔放さが玉に瑕といいますか」

「それって、千鶴さんの色恋のことでしょ」

おこんが好奇心を露わにして身を乗り出し、

「小さい時分から見てたお半さんなら、千鶴さんの色恋の数々をよく知ってるんでしょ？」

お半に、声をひそめて問いかけた。

「『吉祥』の店の恥になるようなことを軽々しく話すわけにはいかないよぉ」

「そりゃそうです。お半さんの仰るのがもっともですよ。ただ、詳しいことはともかく、娘さんの出戻りのあらましくらいは心得ていないと、失礼なことを口にしてしまいかねませんのでねぇ」

お勝はひたすら、『吉祥』に奉公に出す娘の母親という立場を通した。

「わたし、台所女中のお久さんから聞いたけど、千鶴さんは、十六のときに誰かの子供を身籠もったらしいって話は、本当だったのかしら」

控えめに見えていたお園が、小声でお半に問いかけた。

「それは嘘だよ。あの時分、千鶴さんに愛想尽かしをされた男が腹立ち紛れに流した噂だよ」

お半がそう言うと、

「十八のときに嫁入りしたお菓子屋の後継ぎとは、半年も持つまいと言われてたらしいじゃないですか」

おこんからも声が上がる。

「だけど、二年は持ったじゃないか」

お半は、千鶴を擁護するような物言いになった。

すると、三人の女たちの話にまとまりが欠け始めた。

『吉祥』の朋輩や古手の奉公人たちからの又聞きや憶測が混じり合い、そこに、あぁでもないこうでもないと、様々な意見や感想を述べ合うに至り、ついに収拾がつかなくなってしまった。

「それだけ話を聞けて、『吉祥』の様子はよくわかりました。今日は本当にありがとうございました」

お半たち三人が集まってから半刻もしないうちに、お勝は丁寧に散会(さんかい)を口にした。

三人の話はただの噂や思い違いもあって、糸がこんがらがっていた。

『おきな家』の団子を土産(みやげ)にして三人を見送ったお勝は、一人茶店に残って、絡み合った糸をほぐしにかかった。

千鶴という娘は、十八で嫁入りする前から、何人もの男と浮いた話が絶(た)えなかったのは確実のようだ。

菓子屋の後継ぎと夫婦になったとき、半年は持つまいと見られていたのに、二年も持ったことに周囲は驚いたらしい。

千鶴は、菓子屋の後継ぎだった亭主に愛想が尽きて、自ら湯島の『吉祥』に戻ったという噂が立ったという。

旗本の朝比奈家の養女になった千鶴が、旗本、榊原監物に嫁いだのは、菓子屋との離縁から一年が経ったときだった。

そのときは、さすがに年貢(ねんぐ)を納(おさ)めたかと見られたが、三年しか持たず、去年の十一月に榊原家から離縁を突きつけられたのである。

旗本家の奥方に収まってからも、ご贔屓に連れられて『吉祥』に来たことのある役者と示し合わせて、外でたびたび逢い引きをしていたとか、妻子ある幼馴染みと出合茶屋で密会をしているらしいという噂も流れるくらい、色恋に奔放な千鶴の行状が収まることはなかった。

庭木の手入れに通っていた辰之助が、色惚けの料理屋の娘と言ったのは、今思えば千鶴のことだったのだ。

先刻集まった三人の女たちの話をもう少し整理すると、千鶴は、『吉祥』の檀那寺である下谷源光院の若い僧侶を呼びつけ、料理屋の客にてんてこ舞いしている家人や奉公人たちを尻目に、自室で色欲に耽ることもあったようだ。

辰之助が見た、不忍池の出合茶屋から千鶴と一緒に出てきた僧侶らしき相手というのも、おそらく同じ僧だろう。

お勝が僧の名を尋ねたとき、『えんそう』とか『えんしん』という名を口にしていたお半たちから、

「たしか、円了だったと思う」

と結論が出て、お勝がほぐした話の糸は、やっと一本にまとまった。

五

湯島の料理屋『吉祥』で働いたことのある三人の女と会った翌日も、お勝は、質舗『岩木屋』を抜け出した。

もちろん、主の吉之助に断ったうえでのことである。

昨日、三人の女たちから話を聞いたお勝は、『岩木屋』に戻るとすぐ、手代の慶三を駒込千駄木坂下町の彦坂家に向かわせた。

『明日の九つ（正午頃）、妙林寺においで願いたい』

そんな内容の言付けを持たせると、屋敷に戻っていた伴内から、「心得た」との返事を貰って、慶三は帰ってきたのである。

妙林寺は、主家である榊原家が、離縁した千鶴の持参金の返却に四苦八苦している事情を、伴内から聞かされた場所だった。

上野東叡山から届く、正午を知らせる時の鐘が打ち終わらないうちに、お勝は妙林寺の境内に足を踏み入れた。

すると、本堂の前で行ったり来たりしていた伴内が、お勝に気づいて動きを止めた。

「いったい、何ごとでござるか」

伴内は、相変わらず堅苦しい物言いをした。

「少し混み入っておりますから、掛けませんか」

お勝は、先に腰掛けるよう階(きざはし)を指し示す。

伴内が、下から三段目に腰を掛けると、お勝はそれより一段下に腰掛けた。

「榊原家では、法事でお里帰りなさったとき、役者との不埒がもとで千鶴様を離縁なされたと伺(うかが)いました」

「さよう」

伴内は頷いた。

「それで伺いたいのでございますが、千鶴様は、今でも朝比奈家に養女に入られたままでしょうか」

「さあ。離縁の後のことは当家には伝わってこぬが、何か」

「湯島の『吉祥』の事情に詳しい者から耳にしたことですが、千鶴様は、あろうことか、僧籍(そうせき)にある者とも密会を重ねておいでのようで」

「なんと」

「離縁となられた今、不義密通とは言えませんが、相手が僧侶ということになると、いささか事情が違ってまいります。僧籍にある者が女子と交われば、女犯の罪を問われます」

お勝の話に、伴内が小さく頷いた。

「中には、僧侶の装りを隠して色町に通うお方がおいでとも聞きますが、見つかればただでは済まないということは、町人も知っていることでございます。千鶴様はいま下谷源光院の円了という若い僧と懇ろと聞いております。これが表沙汰になれば、円了は無論のこと、千鶴様や親元である朝比奈様にも累が及ぶかもしれないということを、榊原家から朝比奈家へお知らせになってはどうかと、お勧めに伺った次第です」

お勝は、話し終えると軽く頭を下げたが、伴内は低く「うう」と唸っただけで、言葉を呑み込んだ。

「そのことをお知らせしたら、持参金の支払いについて、手心が加わるということも考えられます」

「なにっ」

伴内は、袴の膝の辺りを力いっぱい握りしめると、

「そ、そなたは、朝比奈様を強請れと申すのか」

声を荒らげて唇をへの字にした。

「背に腹は代えられぬと言うではありませんか」

「黙れっ。天下の旗本家が、相手の弱みに付け込んで脅しをかけるような、卑怯なまねができると思うのかっ。よもや、そなたがそのような悪行をそそのかすとは、思いもせなんだ」

眉間に皺を寄せてお勝を見る伴内の顔には、蔑みのようなものが見て取れた。

「彦坂様、わたしをそこまで買い被られては困ります。ときには邪な気を起こして、悪さをすることもあるんですよ」

そう言うと、お勝は小さく笑みを浮かべる。

「理不尽な目に遭えば、腹も立ちます。腹が立ったら、痛い目に遭わせたくなるのが人情というもんです。刃物を使わなくても、意趣返しってものはできるもんですよ」

「そなたは、当家のために、何ゆえそこまであれこれしてくれるのか」

伴内の声は低く、独り言のように掠れている。

「そうですねぇ。お家のためにと、周りにあれこれ気を使い、独楽鼠のように動き回る、年の行った武家のご用人を、わたしも存じているのです。そのお人

は、家中のことだけにかぎらず、取るに足らない細々としたことにも関わってお
いでで、頭が下がります。先日から、彦坂様を見ておりますと、そのお人の気苦
労というものも、痛いほどわかるものですから」
お勝が話を終えると、伴内は一言も声を出さずに腰を上げ、階を下りた。
一瞬、お勝の方へ何か言おうとしたように見えたが、何も言わず山門の方へと
足を進めた。
背を向けて去る伴内を見送ったお勝の脳裏には、建部家の用人、崎山喜左衛門
の姿がくっきりと映っていた。

仕事を終えたお勝は、表通りを家路に就いている。
彦坂伴内と妙林寺で会った翌日は、釈迦が入滅した涅槃会ということで、近
隣の寺では法会が行われたと聞いた。
それからさらに四日が過ぎた日暮れ時である。
千鶴と円了の件をどうするのか、伴内は答えを口にせず立ち去ったままだっ
た。
そのことも気になってはいたが、『岩木屋』の蔵には、質草にするのかしない

のかはっきりしない品々を預かっている。

しかし、そのことを伴内に尋ねに行くのも憚られて、お勝はこの日まで放っておいた。

『ごんげん長屋』の木戸を潜ったお勝が井戸端に近づくと、

「お帰り」

「ただいま」

声を掛けたお富に返事をしたお勝は、背中を向けて足を拭いている辰之助に気づいた。

「お先に」

水の入った手桶を提げたお富は、路地の奥へと去っていく。

「この前の辰之助さんの話だけどね」

「お勝さん、おれはどうも、『吉祥』の娘に命を狙われる気遣いはなくなったようだよ」

話を途中で断ち切った辰之助は、お勝に近づいて密やかに打ち明けた。

「それはまた、どうして――」

お勝は戸惑ったように呟いた。

「おれが『吉祥』の仕事から逃げた後、年の若い弟弟子が代わりに行ってたんですがね」

辰之助は今日、その弟弟子から、妙な話を聞いたというのだ。

それによると、『吉祥』では三、四日前から、何やら慌ただしい動きがあったようなのだが、娘の千鶴が今朝早く、旅支度をして湯島の家を出ていったということだった。

弟弟子が、気安くなっていた『吉祥』の下男から聞いたところによれば、養女になっていた旗本家から突然離縁された千鶴は、初老の下男に連れられて下総の銚子に向かったようだ。

銚子には、『吉祥』とは古い付き合いのある造り醬油屋があり、千鶴は醬油屋の家作のひとつに住むことになるらしい。

「おれが思うには、これまでの娘の不行跡に我慢ならず、親がきつい灸を据えたってところだね」

辰之助が口にした推測は、お勝も頷けた。

「いやぁ、いつ刺客に襲われるかってびくびくしてたが、今夜からはゆっくり寝られるよ」

そう言って、辰之助が目尻を下げた途端、

「お前さん、いつまで足を洗ってるんだよぉ」

辰之助の家から、女房のお啓の声が響き渡った。


根津権現門前町は、朝から曇り空に覆われていた。

昼前の四つ（午前十時頃）という頃おいは、表の日射しが戸の障子紙を輝かせて、『岩木屋』の店の中を明るくするのだが、土間も帳場の板張りもどんよりとしている。

四つの鐘が鳴り終わったと同時に、出入り口の戸が開いて、彦坂伴内が悠然と土間に入ってきた。

「これは彦坂様」

帳場を立ったお勝は、急ぎ框近くで膝を揃え、

「どうぞお掛けに」

と、手を差し出して勧める。

「うむ」

伴内は、腰の大刀を帯から外すと板張りに置き、框に腰を掛けた。

「番頭さん、先日、二度にわたって持ち込んだ品々は、やはり、こちらで預かってもらいたいのじゃ」

伴内の声音から無念さは窺えず、むしろ晴れ晴れとして聞こえたのが気になった。

お勝は、帳場格子に下げていた帳面を取って伴内の傍に戻ると、

「先日お預かりしたお品は、念のためここに記しておりますが、ご確認を」

帳面を開いて、伴内の前に置く。

「高足膳五つ、四段重ね竹製花見弁当箱、黒塗り花絵弁当箱ふたつ。朱塗り弁当箱。中に黒塗りの盃、五つ。抹茶碗ふたつ、壺ひとつ、小面、九谷焼徳利、ぐい呑み一式、絵付け皿五枚。次の日が、書画、蒔絵手文庫、茶道具、香合わせ道具、青磁香炉、銀煙管、根付など喫煙具一式」

そこまで声を出して読み上げた伴内は、「間違いない」と言うと、帳面をお勝に押しやった。

「やはり、持参金を返すことに変わりはありませんか」

「いや」

伴内が、お勝の問いかけに即座に返答した。

「先日、そなたから聞いた千鶴様と寺の坊主の一件を、当家のご家老が朝比奈家に赴いて、噂話のごとく話題に上らせると、その翌日、持参金の返却は不要とのお知らせが届いたのだ。おそらく、千鶴様のご実家と相談のうえに、そう決したと思われる」

「でしたら、何も、質入れなさらずとも」

お勝がそう言いかけると、

「いや。質に入れた金子が要るのだ」

「先日は、合わせて十二両と三分二朱と値をつけさせていただきましたが、五十両にはかなりの不足となりますが」

「よいのだ。五十両を返すために、榊原家の親戚などから借り集めたのが二十二両。当家だけで用意できたのは、たったの五両三分で、二十二両と一分の不足に変わりはない。ゆえに、質入れを思いついたものの、五十両には十両ほどの不足であった。今になって、五十両は不要となったものの、こちらとしては、噂話を持ち出して返金を逃れたという思いがチクリと胸を刺すゆえ、全額ではないがお返しして、当家の意地を貫きたいのじゃよ」

伴内は小さく苦笑いを浮かべた。

「少しお待ちを」

腰を上げたお勝は、帳場の机に着くと、小引き出しから小判と銀を取り出すと、伴内の前に戻り、

「十二両と、三分二朱でございます」

半紙に載せた小判十二枚と、二分と一朱の銀を六つ、板張りに置いた。

「質札を書付にしなければなりませんが、お待ちになりますか」

お勝が尋ねると、

「いや。急ぎ屋敷に戻るゆえ、書付は後日でよい」

半紙に包んだ代金を懐に収めて腰を上げると、伴内は草履に足を通した。

「お見送りを」

お勝も履物に足を通すと、戸を開けた。

伴内に続いて表に出たお勝は、

「品物は大事にお預かりしますので、いつでもお引き取りにおいでくださいますよう」

「うむ」

大きく頷くと、伴内は表通りの方へ足を向けた。

「お引き取りのときにお目にかかれますのを、楽しみにしております」

お勝の声に、伴内がぱたりと足を止めた。

上体だけを捻って振り返った伴内は、

「わしもじゃ」

笑顔で返事をすると、くるりと背を向けた。

袴を蹴飛ばすようにして、伴内は大股で去っていく。

「お疲れさまでした」

頭を下げて見送るお勝の口から、呟きが洩れた。

第四話　望郷の譜

一

根津権現社からほど近いところにある、質舗『岩木屋』の表は、静まり返っている。

静まり返っていたのは表だけではなく、『岩木屋』の店の中には、緊迫した空気がピンと張り詰めていた。

九つ（正午頃）の鐘が鳴ってから、半刻（約一時間）が過ぎた時分である。

お勝をはじめ、主の吉之助、手代の慶三が板張りに膝を揃えている眼の前では、框に腰を掛けた浪人が、天井に向けた刀身を凝視している。

日に焼けた顔には皺が刻まれ、髪には油っ気もなく老けて見えるが、四十半ばなのかもしれない。

「質屋のくせに、銘が読めぬとは嘆かわしい。今一度、柄を外して茎を見てみるか」

血走った眼を向けた浪人が、お勝たちに怒声を発した。

「いえ。わたしどもでは先ほどの銘は、なかなか読み取れませんので」

お勝が手をついてそう言うと、

「情けない」

浪人は吐き捨てて、ところどころ朱塗りの剝げた、古びた鞘に刀身を納めた。

元の色がわからないくらい変色している浪人の着物も袴も、相当情けない有り様である。

持参していた刀袋に刀を入れて紐で結ぶと、

「明日の四つ（午前十時頃）、改めて参るゆえ、目利きの者をここに呼んでおくことだ」

脅すような言葉を投げつけた浪人は、肩をそびやかして表へと出ていった。

その途端、

「あぁあ」

慶三が声を洩らした。

「慶三さん、おやめ」

お勝が窘めると、

「そうだよ。遠くへ去るまで気を抜いちゃいけないよ、慶三。向こうは、言いがかりをつける種を探すことに長けてるからね」

吉之助がそう言うと、慶三は急ぎ土間に下りて、細めに開けた障子戸から外を覗く。

「近くに姿はありません」

お勝と吉之助に顔を向けて、慶三は囁いた。

「あの浪人は、端から言いがかりをつけようと、うちに来たんじゃありませんかね」

お勝は、框の近くから帳場に戻りながらそう口にした。

「というと」

吉之助が問いかけると、

「刻んだ銘も、はっきりと読めないように潰してあったようですし、こっちが困ってお引き取りをと、お金を出すまで毎日通って、あれこれと難題を突きつけようという輩ですよ、あれは」

お勝はそう断じた。

浪人が去って、店の中にはやっと穏やかな空気が満ちた。

二月も半ばを過ぎれば、雛祭りの白酒売りが始まるのが例年のことだった。

梅の終わり、これからは桜に移り変わろうという時節でもある。

「おいでなさいまし」

戸の開く音を聞いたお勝が声を掛けると、

「これは珍しい」

入ってきた二人連れの老婆を見て、顔を綻ばせた。

『ごんげん長屋』の住人のおよしが、曲物屋のご隠居の女房であるおしげと現れたのだ。

「お勝さん、およしさんが疲れたって言うから、ほんの少し休ませてもらおうと思ってさ」

「どうぞどうぞ」

お勝は、腰掛けるように手で框を指し示すと、二人の老婆の素性を吉之助に告げた。

「それはそれは」

吉之助は、火鉢を持ち上げると、框に腰掛けた老婆二人の傍に置いた。

「朝から谷中の感応寺さんと延命院に行ってみたんですよ。桜を見つけに」

およしがゆったりとした口調で声を発した。

「ほほう。それで、桜は見つかりましたか」

吉之助が尋ねると、

「まだ早かったようで、蕾しかありませんでしたよ」

およしは、笑みを浮かべて返事をした。

「そりゃ残念でした。お慰みに、茶など差し上げましょうか」

「よく気がついたよ、慶三さん」

お勝は、珍しく慶三を褒めた。

「いえいえ、もうお構いなく。こっちに来たついでに権現社にお参りしたら帰りますから」

およしが、奥に行こうとした慶三に声を掛けて引き留めた。

「およしさんは前々からよく言ってるんだけど、根津権現社は、生まれた府中の常陸国総社宮と佇まいがよく似てるそうなんですよ」

おしげがそう言うと、およしは笑顔で頷いた。

「およしさん、生まれは常陸国でしたか」

「えぇ」

　およしは、小さな声でお勝に返事をした。

「府中だとすると、あそこには、山の斜面に懸造り（かけづくり）の本堂のあるお寺があると聞いたことがありますよ。京の清水寺（きよみずでら）のような舞台のあるお寺だとかなんとか」

　そこまで話をした吉之助が首を傾（かし）げると、

「西光院（さいこういん）ですね」

　およしが嬉しげに口を挟む。

「そうそう、それです。天気がよけりゃ、本堂の舞台からは、遠く霞ケ浦（かすみがうら）や鹿島灘（かしまなだ）まで見通せるんだそうで」

　吉之助の弾（はず）んだ声に、およしは笑顔で何度も頷いた。

「たまに、故郷に帰ることはあるんですか」

　慶三が何気なく口にすると、

「いいえ。それが、なかなか――」

　そう言うと、およしは小さな苦笑いを浮かべて膝に置いた手に眼を落とした。

「そうだ。旦那さん、さっきの浪人が口にしていた刀の目利きですが、この、およしさんのご亭主に来てもらっちゃどうでしょうね」

お勝は、およしの亭主の彦次郎について話を続けた。

今は鑿や鉋、小刀などの研ぎを生業にしているが、以前は刀鍛冶だったのだと述べた。

「明日来る浪人が、目利きがいないとなるとどんな言いがかりをつけてくるか知れませんから、彦次郎さんにその役を引き受けてもらえないかと思うんですが」

お勝の提案に頷いた吉之助は、

「ご亭主はなんと仰いますかねぇ」

身を乗り出して、およしの顔色を窺う。

「戻ったら、うちの人に聞いておきますよ」

「ひとつ、よろしく」

お勝が頭を下げると、吉之助と慶三もそれに倣った。

日暮れまでまだ間があるのだが、根津権現門前町は翳っている。

台地の谷間にある根津一帯は、本郷の台地によって、西日は早々と遮られるが、東方の谷中の台地はまだ夕日を浴びていた。

煮炊きや、竈の煙の匂いが漂う『ごんげん長屋』の路地を通ったお勝が、

「ただいま」

戸を開けて土間に足を踏み入れると、

「お帰り」

流しの傍に陣取ったお琴とお妙から声が掛かった。

お勝は履物を脱ぐと、四つの箱膳が並んだ板張りに上がる。

「おっ母さん、茶碗と箸を並べておくれ」

「はいはい」

お琴の指示を素直に聞いて、お勝は箱の中にしまわれていた茶碗や箸、お椀をそれぞれの箱膳に並べ始める。

『岩木屋』の仕事が終わるのはいつも七つ半（午後五時頃）だから、お勝が夕餉の支度をするには遅すぎる。その代わり、朝餉はお勝が作るというのが、この一年ばかりの習わしになっていた。

以前は、朝餉を作るときに夕餉の分まで用意していたのだが、

「夕餉は、わたしが、ときどきお妙の手も借りて、なんとか作るよ」

一年前の正月、十二になったお琴が突然言い出して以来、夕餉作りをまかせていた。

お勝が茶碗などを並べ終えると、お琴とお妙が、小鉢や皿に取り分けた料理を手際よく箱膳に並べる。

「幸助がいないね」

お勝が口にすると、

「幸助っ」

鍋から汁物を椀によそっていたお琴が、家の壁に向かって大声を上げた。

「なんだい」

研ぎ屋の彦次郎とおよしの住む隣家から、幸助の声が返ってきた。

「ご飯だよ」

壁に向かって返事をしたのは、朝の残りの飯をよそっていたお妙だ。

彦次郎夫婦の家の戸が開け閉めされる音がしてすぐ、路地から幸助が飛び込んできた。

「座って」

お琴から号令が掛かるや否や、家族四人は箱膳を前に並んで座る。

「それじゃ、いただきます」

お勝が手を合わせると、

「いただきます」

三人の子供たちからも声が上がり、一同が箸を取った。

「幸助はお隣に何しに行ってるんだい」

夕餉を摂り始めて少し経った頃、お勝は何気なく口を開いた。

「何ってことはないよ」

幸助は箸を止めずに返事をする。すると、

「このところ、幸ちゃんはお隣に入り浸ってるのよ」

食べ物を飲み込んだお琴が、屈託なく教えてくれた。

「へぇ」

初耳のお勝は、単純に驚きの声を発した。

「彦次郎のおじさんが、刃物を研ぐのを見るのが面白いんだよ。切れ味の悪かった切り出しが、おじさんに研がれた途端、紙をすっと切るんだ。うん」

感心したように唸った幸助は、

「毎日通って、研ぎの技を身につけるつもりだよ」

そう口にして、軽く胸をそびやかした。

「嘘ばっかり」

箸を持ったまま、お妙がさらりと口にした。

「何がだよ」

むすっとした幸助が、口を尖らせる。

「お隣に行くと、およしさんからお菓子を貰えるもんだからね」

「お妙お前」

幸助が、向かい側に座っているお妙を睨みつけたとき、

「お勝さん、いいかい」

戸口から、聞き覚えのある声がした。

「彦次郎さん、どうぞ」

お勝が返事をすると、戸を開けた彦次郎が土間に入ってきた。

「今聞いたら、幸助がいつもお邪魔してるそうで」

箸を置いたお勝は、軽く頭を下げた。

「なんの。邪魔をされた覚えはありませんよ」

彦次郎がお勝に返事をするとすぐ、

「ほら。邪魔なんかしてないんだ」

幸助は、どうだと言わんばかりにお琴とお妙を睨みつけた。

「飯の最中にすまなかったが、およしから、『岩木屋』さんの刀の目利きのことを聞いたもんだからね」

「後でお願いに上がろうかと思ってたとこなんですよ」

お勝は少し改まった。

「それは引き受けるが、『岩木屋』さんには、何刻に行けばいいのかね」

「昼前の四つ（午前十時頃）なんですが」

「承知しましたよ」

笑みを浮かべた彦次郎は、軽く会釈をして路地へと出ていった。

二

『岩木屋』は、店を開けた五つ（午前八時頃）過ぎから大わらわとなった。

お勝と手代の慶三だけでは間に合わず、蔵番の茂平や修繕係の要助の手も借りた。

質草を預け入れる客や請け出す客で混み合うのは、いつも午前中のことではあったが、今日は珍しく一時に集中してしまった。

その騒ぎが続いたのも一刻（約二時間）ばかりで、ほんの少し前に、店から客の姿は消えた。

帳場に着いたお勝が帳面を広げ、慶三が板張りに置いたふたつの火鉢に炭を足し終わったとき、出入り口の腰高障子が開いて、

「ごめんよ」

彦次郎が土間に入り込んだ。

「彦次郎さん、遠慮なく上がってくださいよ」

そう促したお勝が帳場から腰を上げると、

「さささ」

慶三が手を伸ばして、火鉢の傍を指し示す。

「彦次郎さん、これが手代の慶三さんです」

「番頭さんから、お名は伺っておりました。今日はひとつよろしくお願いします」

彦次郎に頭を下げると、「わたしはお茶でも」とお勝に断って、慶三は帳場の奥へと入っていく。

「『岩木屋』の旦那さんが挨拶をしたいと言っておいでだったんだけど、妹の娘さんに縁談が持ち上がったとかで、ついさっき、おかみさんと二人して神田の方

に出掛けられたばっかりなんですよ」

お勝がそう言うと、

「なぁに。お気遣い(きづか)は無用だよ」

彦次郎は笑って片手を左右に打ち振った。

そこへ、お盆を手に戻ってきた慶三が、ふたつの湯呑(ゆのみ)を彦次郎とお勝の前に置いた。

「ま、おひとつ」

お勝が促すと、彦次郎は湯呑を手にした。

湯気の立つ茶を、ふた口ばかり口にしたところで、上野東叡山の方から鐘の音が届いた。

最初に三つ撞(つ)かれる捨て鐘は、一打目は長く響かせるが、二打三打はぼんぼんと、続けざまにふたつ、短く撞くことになっている。

上野東叡山からの鐘も、三つの捨て鐘の後に打たれ始めた。

四つ（午前十時頃）を知らせる時の鐘(ときのかね)である。

時の鐘が打ち終わってしばらくすると、入り口の戸が外から荒々しく開けられた。

昨日と同じ装(な)りをした浪人が、布の刀袋を小脇に抱えて土間に足を踏み入れ、大股で板張りの框の前に来て仁王立(におうだ)ちするなり、

「刀の目利きは来ているのか」

尊大な口を利いた。

「こちらに」

お勝が彦次郎を指し示すと、浪人は、胡散臭(うさんくさ)そうな眼差しを向けた。

「見てもらうが、少なくとも二十両の値がつかなければ、預け入れることはせぬぞ」

浪人はそう言うと、布の袋から出した朱塗りの鞘の一振りを板張りに置き、自分は框に腰を掛けてふんぞり返る。

「では、拝見させていただきます」

彦次郎は、置かれた刀の前に膝を進めると、一礼して刀を手にし、刀身をゆっくりと引き抜く。

彦次郎のその動きを、お勝と慶三はもちろん、浪人までもが息を詰めて見ていた。

刀の柄を持った彦次郎は、刃先を横向きにして刀身を眼の前に立てると、刃文(はもん)

に眼を凝らす。

柄を回して、反対側の刃文も見る。

すぐに刃先を上に向けて、片眼で刀の反りを見た。

それが済むと、柄の目貫、目釘を外して柄を外し、茎を剝き出しにした。

右手で茎を持った彦次郎は、刀身の平地を左の掌に載せると、目釘穴の近くに刻まれた判然としない銘に、顔を近づける。

「これは、新刀ですな」

彦次郎が、ぽつりと呟いた。すると、

「いや、たしか、鎌倉期か室町期のはずだと」

浪人が口ごもった。

「銘の刻みもおざなりですが、山城国、重平東次という銘はなんとか読み取れます。ですが、山城国で名のある刀工といえば、室町期では、長谷部国信でしょうなぁ」

穏やかな声でそう言うと、刀身を刀袋の上に横にして置いた。

「その長谷部某だと、刀の値はどのくらいに」

慶三が恐る恐る問いかけると、

「ものにもよりますが、五十両から二百両で売り買いされると聞いたことがあります」

彦次郎の返事に、慶三は息を呑んで刀に顔を近づけ、眼を吊り上げた浪人は板張りに這い上がるような動きを見せた。

「山城国にはもう一人、伊賀守金道という刀工もいるんだが、この刀はそんなものには及びもつかない代物ですな」

彦次郎はそう断じると、剝き出しになっていた茎に目釘と目貫を通して柄に納め、再度、刀身に眼を遣った。

「この刀には、刀身の平地と鎬地の境目にある鎬筋に勢いというものがなく、節目がぼんやりとして曖昧ですな。多分、名もない山鍛冶が打ったものだと思いますが」

そう言いながら、彦次郎は刀身を朱塗りの鞘に納めた。

「これだと、いくらぐらいで買える代物ですか」

慶三が小声で尋ねると、

「そうですなぁ、一両の半分以下で買えると思いますがね」

「もう頼まんっ」

彦次郎が口にした値に業を煮やしたのか、浪人は顔を真っ赤にして朱塗りの刀と刀袋を引っ掴み、乱暴に開け放った戸から、大股で表へと飛び出していった。

すぐに土間に下りた慶三は、

「あの浪人は、あの刀が金になるまで、他の質屋に持っていくんでしょうねぇ」

表に顔を突き出してそう言うと、戸を閉めた。

「彦次郎さん、これは些少ですが、旦那さんから預かっておりましたので」

お勝が、一朱を包んだ紙を彦次郎の膝元に置く。

「お勝さん、これはいけませんよ。こんなことをされるのなら、わたしは目利きを断っていましたよ」

笑みを浮かべた彦次郎の声は、穏やかである。

「わかりました。引っ込めさせていただきます」

彦次郎の気性を知っているお勝は、すぐに紙包みを取って、自分の袂に落とした。

「それじゃわたしは」

彦次郎が土間に下りると、見送ろうと、お勝も履物に足を通す。

そのとき、外から戸が開けられ、お琴が恐る恐る土間に入ってきた。

「何ごとだい」

お勝が問いかけた。

「長屋に彦次郎おじさんを訪ねて人が来たけど、およしおばさんは出掛けてたから、ここに連れてきたのよ」

お琴はそう言うと、表に顔を突き出して、「どうぞ」と呼びかけた。

「ごめんください」

入ってきたのは、手甲脚絆姿の丸顔の男である。

「彦次郎はわたしだが」

「わたしは、常陸国の者で、恭太といいます」

年の頃は三十くらいの丸顔の男は、誠実そうな物言いをした。

「ほほう。常陸ねぇ」

彦次郎の顔が微かに綻んだ。

「それじゃわたしは」

お勝に声を掛けると、お琴は下駄の音をさせて表へと出ていった。

「どこか、外に出ようか」

彦次郎の誘いに、恭太と名乗った男は頷いたが、

「彦次郎さん、お客もいないことだし、なんならここでも構いませんよ」

お勝がそう言うと、

「それじゃ、お言葉に甘えることにして、隅の方で」

彦次郎は、恭太を土間の奥に誘い、板張りの框に腰を掛けた。

「お勝さんたちは、こっちには構わず仕事をなすってくださいよ」

「えぇ」

お勝は彦次郎に返事をして帳場に着き、慶三は火鉢の傍に腰を下ろし、質草に結びつける紙縒り(こより)を縒り(よ)始めた。

「常陸から、わざわざ訪ねてきたってわけじゃあるまいね」

彦次郎の穏やかな声がした後、

「へぇ。この二、三年、知り合いを訪ねて、年に一、二度は江戸に来ております」

恭太の返答する声が、帳面を繰るお勝の耳に届き、

「実は半年前に江戸に来たとき、浅草(あさくさ)の道具屋で気になる短刀を見つけましたので買い求めておりました」

話を続けた恭太が、懐(ふところ)から出した白木(しらき)の鞘の短刀を、彦次郎の前に置く動き

がお勝の眼にも留まった。

「何が気になったかと言いますと、多くは茎に入れる銘が、この短刀には棟に刻まれていて、山形の印の下に〈彦〉の一文字が刻んでありました」

恭太のその言葉に、彦次郎の顔がにわかに強張ったように感じられた。

短刀を買い求めた道具屋に、どこのなんという刀工が作ったものかと尋ねると、

「かなり以前、中之郷の鍛冶師、松蔵さんのところから出た一品だ」

と、そう教えてくれたのだと、恭太は話を続けた。

半年前と今回、江戸に出てきた恭太は、中之郷の鍛冶師、松蔵にゆかりの人を訪ね歩いたり、江戸の刃物屋などを回ったりして、〈山形に彦〉の刻印を記す刀工を捜し回ったところ、今は研ぎ屋になっている彦次郎という人が、中之郷の鍛冶場にいた時分に打った短刀だろうという推測を、二、三の刀剣屋の口から聞いたのだという。

「それで、中之郷の松蔵さんの鍛冶場に行ってこの短刀を見せたら、根津権現社近くに住まう彦次郎さんが打ったものに違いないと聞きましたので、こうして訪ねてまいったようなわけで」

恭太は、逸る気持ちを懸命に抑えた様子で、静かにそう語った。

「あんたは、いったい」

彦次郎の顔はさっきよりも強張り、口から出た声は、痰が絡んだように掠れた。

「わたしは、刀鍛冶、久市の倅でございます」

その声を聞いた途端、彦次郎が弾かれたように立ち上がり、

「その刻印は、わたしのもんじゃありませんよ」

掠れ声を発すると、転がるようにして表へと飛び出す。

「あの」

お勝は恭太と名乗った男に声を掛けたが、聞こえなかったのか、蹌踉とした足取りで表へと出ていった。


暮れ六つ（午後六時頃）の鐘が鳴ってから、ほんの少し過ぎた頃おいである。

『ごんげん長屋』の井戸端は、久しぶりに混み合っていた。

夕餉を摂り終えたお勝は、お琴と一緒に鍋釜、茶碗などを洗い、お富とお啓も洗った茶碗などを笊に並べている。

辺りはすっかり暗くなっていたが、二月も下旬ともなれば寒さも和らぎ、これ

からは水仕事も大分楽な時節となるのだ。

「ただいま戻りました」

木戸を潜ってきたのは、紐のついた小さな紙包みを提げた沢木栄五郎である。

「お帰りなさい」

井戸にいた女たちが一斉に声を掛け、

「沢木先生は、これから夕餉ですか」

以前、栄五郎の手跡指南所に通っていたお琴が、元師匠を気遣った。

「今朝炊いた飯と、表で買い求めた煮物でね」

提げていた紙包みを持ち上げて見せた。

そのとき、大家の伝兵衛の家の方からやってきた彦次郎が、急ぎ無言で井戸端を通り過ぎた。

その直後、バタバタと足音を立てて現れた伝兵衛が、

「彦次郎さん、ここを出るって、どういうことですか」

そう問いかけながら、彦次郎を追って路地へと駆け込んだ。

「なんだって」

素っ頓狂な声を上げたお富が、洗い物を放り出して彦次郎の家の方へ駆けて

いった。

「お琴、後を頼むよ」

お勝はそう言うと、前掛けで手を拭きつつ、お富に続いて彦次郎の家の戸口に駆けつける。

「なんですか彦次郎さん。わけも言わずに、どうしてここを出るなんて」

土間に立った伝兵衛がおろおろと声を掛けた。

だが、板張りに置いた行李に荷を入れる彦次郎も、茶簞笥の茶器などを紙に包むおよしも、口を開かない。

「彦次郎さん、『ごんげん長屋』を出るっていうことですか」

土間に足を踏み入れたお勝が問いかけると、

「さっき、そう言いに来たんだよ」

呟いた伝兵衛が、ため息をついた。

「彦次郎さん」

戸口に立った栄五郎が声を掛けると、横に立ったお啓は、

「およしさん、どうしたのさ」

と、唇を嚙む。

「彦次郎さん、わけも言わずにここを出ていくなんて、あんまりじゃありませんか。水臭いですよ」

お勝が静かに声を掛けた。

「何も、ここが嫌だというわけじゃないんですよ。その辺はわかってもらいたい」

彦次郎が行李に着物を詰めながら頭を下げると、傍で荷作りをしていたおよしも、亭主に倣って頭を下げた。

「でも、だって、急にこんな。『ごんげん長屋』に二十年もいて、こんな出ていき方はないじゃないかぁ」

十年以上も『ごんげん長屋』に住んでいるお啓の声は、今にも泣き出しそうになっている。

「わかってる。わかってるんだが、どうか、勘弁してもらいたいんだ」

彦次郎は、両手を膝に置くと、深々と頭を下げた。

すると、およしも彦次郎の横に並び、両手を板張りに伸ばそうとして、そのまま、ばたりと音を立てて、板張りに突っ伏した。

「およしさん」

土間を上がったお勝が、抱き起こそうとした手を止め、およしの額(ひたい)に載せた。

「ひどい熱だよ」

お勝が呟くと、

「わたしが医者を」

紙包みを伝兵衛に預けた栄五郎が、木戸の方へと駆けていった。

土間から板張りに跳び上がったお啓は、立て掛けられていた枕屛風(まくらびょうぶ)をどかして、薄縁(うすべり)を敷いて寝床を作る。

すると、お富がお勝の向かい側に片膝を立てて構えたのを見て、

「一、二の三で持ち上げるよ」

お勝が言うと、お富は大きく頷いた。

「一、二の三」

声を合わせたお勝とお富がおよしを抱えて薄縁に寝かせると、すかさずお啓が搔巻(かいまき)を掛けた。

女たちが動いている間、彦次郎は板張りに座ったまま動けず、伝兵衛も茫然(ぼうぜん)と土間に立ち尽くしていた。

「医者が来る前に、湯を沸(わ)かしておいたほうがいいね」

お富がそう言うと、

「ともかく、井戸端を片付けてから家々で湯を沸かすことにしようじゃないか」

お勝の意見に頷いたお富とお啓は、急ぎ路地へと飛び出していく。

「彦次郎さん、心配しなくていいですよ。後は、わたしらにまかせておけばいいんだから」

そう言って土間の下駄に足を通したお勝は、

「医者に診てもらえば、およしさん、きっとよくなりますよ」

そう声を掛けたが、およしの枕元に座り込んだ彦次郎から返事はなく、身じろぎひとつなかった。

三

『ごんげん長屋』は静けさに包まれている。

小さな行灯の明かりの傍で、お勝と彦次郎が火鉢を間に向かい合っていた。

手伝いや見舞いに駆けつけていたお富やお啓、それにお六は、ほんの少し前に彦次郎の家から引き揚げていった。

栄五郎が連れてきた医者の診立てによれば、およしの熱は風邪が引き起こしたものだという。

医者が置いていった薬が効いたのか、およしは半刻以上も眠り続けていた。

およしが倒れてから一刻ほどが経った、五つ半（午後九時頃）という頃おいである。

火鉢に掛けられた鉄瓶から、湯気が小さく立ち上っている。

「お勝さん、もう引き揚げてくれていいよ。明日もあるだろうからね」

彦次郎に声を掛けられたお勝は、

「えぇ」

曖昧な返事をした。

明日からの彦次郎夫婦の食事の世話や看病については、昼間長屋にいるお富、お啓、それにお琴が順番に受け持つことで、さっき話は決まった。

お志麻やお六も、手空きのときは手助けをすると申し出たから、お勝は明日からも安心して仕事に行くことはできる。

「実は、彦次郎さんと差し向かいで話をしたいことがありましてね」

お勝は、一人残ったわけを静かに口にした。

「ここを出ることにした一件なら、勘弁してくれないかねぇ」

弱々しい声を出した彦次郎は、

「およしがこんなふうじゃ、治るまで身動きは取れないだろうし」

呟くような声とともに、小さく吐息を洩らした。

「急にここを出ると言い出したのは、昼間、『岩木屋』にやってきたお方と関わりがあるんじゃありませんか」

お勝は努めて穏やかな物言いをしたが、彦次郎はわずかに顔を俯(うつむ)けた。

「常陸国から来た、恭太とかいう――」

そこまで口にしたお勝に、彦次郎がふっと顔を上げた。

「あのお方が短刀を見せたときから、なんだか、彦次郎さんの様子が変わったように見受けられましたのでね」

お勝は、鉄瓶の湯気に遣っていた眼を彦次郎に向けた。

「常陸の府中は、およしさんの郷里(ふるさと)だそうで」

そう口にしたお勝を、彦次郎が、何か物言いたげに見た。

「昨日、寺巡りの途中『岩木屋』に立ち寄ったとき、およしさんの口から、常陸国総社宮や西光院っていうお寺の話が出たんですよ。なんだか、懐(なつ)かしそうな口ぶりでしたから」

そう打ち明けたお勝は、眠っているおよしの方に眼を向けた。

お勝につられたように、彦次郎はおよしに眼を遣ると、

「わたしとおよしは、生まれた府中から、逃げた身の上なんだよ」

そう打ち明けて、小さなため息を洩らした。

「逃げた――？」

「といっても、何もご法度を破ったわけじゃないんだ。だがね、逃げた身としては、同郷の者とはいまだに関わりたくなくてね」

火鉢に手をかざした彦次郎は、小さな苦笑いを浮かべた。

「でも、どうして、あの恭太と名乗った方が府中のお人だとわかったんですか。あの人はたしか、久市の倅だと口にしただけだったと――あ、彦次郎さんは、久市という人に心当たりがあったんですね」

お勝の問いかけに、彦次郎は深く息を吐くと、大きく頷いた。

「わたしは、十五のとき、府中の刀鍛冶、二代目義平に弟子入りしたんだ。そこに、三つ年上の兄弟子として、久市さんがいたんだよ」

彦次郎が、静かに語り始めた。

弟子入りしてから七年後、二代目義平が急死するという出来事が起きた。

そこで、三代目義平を立てなければならなくなり、久市と彦次郎の間で修業していた二代目義平の長男、万治が、鍛冶仲間や刀剣屋の主たちとの話し合いの末、三代目となったという。

三代目義平は、彦次郎よりひとつ年上であった。

その翌年、幼馴染みのおよしが、三代目の女房として、彦次郎の前に現れたのである。

「ふたつ年下のおよしとは、幼馴染みというだけで、十年以上も会っていなかったから、師匠の女房に収まったことに驚きはしたが、それだけのことだったんだ」

だが、幼馴染みだということもあって、三代目の前でも気安く言葉を交わすことはあったと、思い出したように彦次郎は口にした。

およしが、三代目の子、梅太郎を産んだ翌年のことに話は及んだ。

二十八になっていた彦次郎の打った刀が、三代目義平の刀よりも高い評価を受け、水戸家の重臣の一人に買い取られるということが起きて、府中ではちょっとした騒ぎになった。

「わたしにすりゃあ喜ばしいことだったが、三代目を継いだ義平さんとしては、きっと、苦杯を嘗めさせられた思いがあったんだよ」

その直後から、彦次郎に対する三代目の対応が変わり始めたという。

『おれは、逆立ちしても彦次郎様の腕には敵わない』

『おれが弟子になった方がいいな』

『うちに住み込みをさせて、美味くもない朝餉夕餉を食べさせなきゃならないのが申し訳ない』

などと、盛んにへりくだった物言いをするようになって、ついには、

「ご立派な彦次郎様をうちで引き留めておくのは恐れ多いことだ」

三代目はそう公言して、彦次郎を自分の鍛冶場から追い出した。

そんな彦次郎に救いの手を差し伸べたのが、一年前に独り立ちして鍛冶場を興していた、久市だった。

久市の元で刀鍛冶に没頭できたおかげで、彦次郎の刀への評価は安定して続いた。

三代目の元を追われてから二年後、およしが離縁されて義平の家を出たという話が彦次郎の元に届いたのである。

久市とともにことの真偽を調べたところ、三代目は、梅太郎を手元に置いて、

およしを家から追い出したということがわかった。

　そればかりか、三代目は前々から、彦次郎とおよしの不義密通を疑っていたらしいということも知った。

　三代目は酒に酔うと人前も憚らず、梅太郎はまるで、彦次郎の種であるかのようなことを方々で口走っていたというのだ。

「あの時分のわたしとおよしには、そんなことは一切なかったよ。にもかかわらず、三代目からあらぬ疑いをかけられて、我が子を置いて家を出されたおよしを思うと、不憫で仕方がなかった。密通の相手と名指しされたわたしにも、責められる一端があるようにも思えてね」

　そんな思いに駆られた彦次郎は、家を出されたおよしのことが気にかかり、仕事の合間に、その後の消息を調べ始めた。

　だが、その足跡を辿るのに難儀したのだという。

　府中で下駄屋を営む実家を訪ねたのだが、「あんな娘のことなんか知らん」と、親兄弟からは冷淡な言葉を浴びせられた。

　親戚や知人を訪ねても、不義密通を犯したおよしは白い眼を向けられていることを知っただけだった。

「およしがそういう目に遭っていると知ったときは、可哀相でねぇ」

呟きを口にした彦次郎が、およしの方にそっと眼を向けた。

お勝もつられたように眼を向けると、およしは昏々と眠っていた。

「下駄屋のおよしに似た女が、小幡の旅籠で働いていたぞ」

宗太郎という幼馴染みの男がそう知らせてくれたのは、およしが三代目義平の家を出されてから三年が経った頃だったと、彦次郎が口を開いた。

宗太郎は、およしとも幼馴染みだった。

長じて府中の米問屋の手代になっていた宗太郎は、年に何度か、水戸の出店と府中を行き来しており、水戸街道にある小幡宿は行き帰りのときに通りかかる宿場であった。

およしに似た襷掛けの女は、旅籠の表通りに桶の水を撒いていたということだった。

十年以上も言葉を交わしたことはなかったものの、府中では、嫁に行ったおよしを町中で何度も見かけていたから見間違えることはないと、確信を持って宗太郎は頷いた。

婚家を出されたおよしの不遇を知っていた宗太郎は、声を掛けるのを躊躇ってしまったが、小道を奥に向かったおよしが、勝手口から旅籠の中に入ったのを確かめていたのである。

　彦次郎が水戸街道の小幡宿に足を向けたのは、宗太郎の話を聞いてから十日後のことだった。

　世話になっている身とすれば、久市が請け負っていた仕事をないがしろにするわけにはいかなかった。

　宗太郎から聞いた話を久市に打ち明けた彦次郎は、一日の休みを貰い、小幡宿へと向かった。

　府中から小幡宿までは、三里十七町（約十三・七キロメートル）だから、その日のうちに往復できる道のりであった。

　朝の暗いうちに府中を出た彦次郎が小幡に着いたのは、五つ半（午前九時頃）という時分だった。

　ほとんどの泊まり客を送り出した旅籠は一息ついた頃おいで、台所女中のおよしを訪ねてきた彦次郎を、勝手口から入れてくれた。

　台所の外で待たされた彦次郎の前に、前掛けを締め、襷掛けをしたおよしが現れたが、眼を瞠（みは）るだけで声はなかった。

それは彦次郎も同じだったが、

「宗太郎が見かけたって言ったもんだから」

一言、そう口にすると、用意してきた府中の菓子と、百五十文ばかりを入れた袋をおよしの手に持たせ、

「また、来るから」

と、その日はそのまま府中へと立ち帰ったのだ。

「それからは、月に一度は小幡に通って、およしの様子を見て、何か要るようなものはないかと聞き、何かあれば翌月には届け、届けるものがないときは、ただ、およしの顔だけを見に行っていましたよ。そのうち、およしがわたしを待っているということがわかってね。そうなると、こう、情というのかね、そんなもんが湧き出してきたんだよ」

そう話すと、彦次郎は若い時分のことを思い出したのか、照れたように苦笑いを浮かべた。

府中から小幡宿に通い始めて二年が経つと、お互い、離れがたい思いが募って、ついに彦次郎とおよしは江戸行きを決意したのだ。

二人の決意を知って、久市は快く送り出してくれた。

その際用意してくれた道中手形には、〈常陸国府中　鍛冶師久市方雇人　彦次郎〉と記されていた。

その手形のおかげで、江戸に着いた彦次郎は、中之郷瓦町の刀鍛冶、松蔵の元で働くことができ、たまたま見物に訪れておよしが気に入った、根津権現社にほど近い『ごんげん長屋』に身を落ち着けることになったのである。

「松蔵親方の鍛冶場には、十人くらいの弟子がいたんだ。近くには武家屋敷もあるし、小梅村には百姓家もある。もっぱら刀を打ったり直したりする何人かと、鎌や鍬なんかを作る何人かに分かれて仕事をしたよ。逃げてきた身としては、ありがたかった。ただ、中之郷瓦町と源森川を挟んだ北側には、水戸様の二万坪を超えるお抱え屋敷があって、そこからの注文にも応えてたんだ。江戸へ来ても、常陸国と関わることになるとは、不思議な因果としか言いようがなかったよ」

「でも、彦次郎さん、話を聞いたかぎりじゃ、何も逃げなきゃならないわけはないじゃありませんか」

「そりゃ、そうなんだが。どこかで何か、後ろめたい思いがあったんだよ。三代目の義平さんに疑われるような羽目になったのも、わたしの落ち度のような気もしてね。そのあげくに、およしをかっ攫って飛び出したことで、もうひとつ罪作りをしたような気がしてしょうがないんだよ」

そう言うと、彦次郎は、小さく自嘲ぎみに笑みを浮かべた。

「そんなことはもう、忘れてもいいんじゃありませんかねぇ。昨日、およしさんが『岩木屋』で洩らしてましたが、国を出て二十年くらい帰ってないんじゃありませんか」

お勝が問いかけると、

「あぁ。そうなりますかねぇ」

そう呟いた彦次郎が、ふと寝ているおよしに眼を向け、

「およしを江戸に連れ出して、五十四の婆さんにさせてしまったかぁ。わたしだって、五十六の爺さんになったがね」

小さな笑みを浮かべた。

「彦次郎さん、二十年も住み慣れた『ごんげん長屋』じゃありませんか。出ていくなんて、あんまりですよ」

お勝は静かにそう投げかけた。

だが、彦次郎は黙って火鉢の縁に両手を置くと、軽く俯いてしまった。

表通りの方から、微かに拍子木の音が届いた。

町の木戸が閉まる、四つ（午後十時頃）を知らせる音である。

ほどなく九つ（正午頃）という頃おいである。

『岩木屋』の店の中は、先ほどまでの賑（にぎ）やかさが嘘のように静かになっている。

「ありがとう存じました」

土間に下りた慶三が、質草を請け出して帰る浪人を戸口の傍で送り出した。

お勝は帳場に着いて、帳面付けに余念（よねん）がない。

「さてと」

声を発して土間を上がった慶三は、帳場近くの火鉢の傍に膝を揃えると、紙縒り作りを再開し始めた。

そこへ、奥から現れた吉之助が、提げてきた鉄瓶を火鉢の五徳（ごとく）に載せるとそのまま座り込み、慶三と並んで紙縒りを縒り始める。

「番頭さん、さっき慶三に聞きましたが、この前ここに立ち寄った『ごんげん長屋』のお年寄りが、寝込んだらしいね」

吉之助が、縒りながら声を掛けた。

「えぇ。そうなんですよ」

帳面を繰る手を止めて、お勝は返答した。

「加減はどうなんだい」

「ひと晩は心配しましたけど、翌日には熱も下がってほっとはしたんですけどね」

はっきりと快復したとは言いがたいおよしの容体に、お勝は言葉を濁した。

およしが熱を出してから、四日が経っていた。

熱は下がったものの、年のせいか、まだ起き上がることはできないでいる。

およしの世話と彦次郎の食事や身の回りのことは、『ごんげん長屋』の住人が交代で手助けをしていた。

「およしさんの傍に座り込んでると、お前さんまで病魔に取り憑かれるぜ」

向かいの棟で一人暮らしをしている年長の藤七の言葉に背中を押されたのか、彦次郎は昨日から、研ぎの仕事を始めた。

「彦次郎さんが刃物を砥石で研ぐ音が子守歌に聞こえるのか、目覚めていても、およしさんは安心したような顔をして、すぐ眠ってしまうんですよ」

昨夕、長屋に帰ると、微笑みを浮かべたお志麻からそんな報告を受けて、お勝はほのぼのとした思いに駆られたことが、頭をよぎった。

そのとき、勢いよく戸が開けられた。

「いらっしゃ——おや」

慶三は、入ってきたお琴を見て口ごもったが、

「こりゃ、お琴ちゃんか」

吉之助は笑みをこぼした。

「たった今、男の人が二人来て、彦次郎さんの家の外で、中に入れてくれって声を上げてるんだよ」

お琴の顔は引きつっている。

「男って」

お勝が口にすると、

「一人はこの前、わたしがここに連れてきた丸顔の人だよ」

お琴はそう答えた。

「二人の男の用件はなんなんだい」

お勝は帳場から腰を上げた。

「わからないけど、彦次郎おじさんの家の中にいたお啓さんに、おっ母さんを呼んできてって言われて来たんだよ」

お琴は訪ねてきたわけを、懸命に伝えた。

四

カツカツ——お勝が、下駄の音を立てて表通りを急ぐ。

裾を翻すようにして、大股で根津権現門前町の通りを不忍池の方へと向かっている。

主の吉之助から『ごんげん長屋』に戻る許しを得たお勝は、足の速いお琴を先に行かせてから『岩木屋』を後にしたのである。

『ごんげん長屋』の木戸を潜り、井戸端を通り過ぎて路地に入ると、彦次郎の家の前に突っ立っている二人の男の姿が眼に映った。

一人は、お琴が口にしたように、『岩木屋』で恭太と名乗った丸顔の男である。

「お願いしますよ。折り入って話をしたいんですよ」

家の中にそう投げかけているのは、年恰好の似た恭太の連れの男である。

お勝は、家の戸を細く開けて外を窺っていたお琴に、

「家の中にいなさい」

一言そう言うと、隣の彦次郎の家の前に立った。

「勝ですけど」

彦次郎の家の戸に手を掛けて開けようとしたが、心張り棒が掛かっているのか、外からは開けられない。

「中には病人が寝てるから、彦次郎さんはさっきから帰るようにって言ってるんだけどね」

戸の内からお啓の声がして、

「それを、外の二人が嘘に違いないとかなんとか言い張っててさぁ」

と、困惑した様子で続けた。

「中で病人が寝てるっていうのは本当のことでしてね」

お勝が、恭太とその連れに向かって毅然とした物言いをした。

「もしかして、およしさんが寝てるんですか」

恭太の口からおよしの名が飛び出した。

「あんた、およしさんを」

お勝が恭太に眼を向けると、

「およしさんというのは、きっと、わたしのおっ母さんです」

恭太の横に立っていた連れの男が、掠れたような声を洩らした。

「この男は、三代目義平さんとおよしさんの間に生まれた、梅太郎です」

恭太はそう言うと、連れの男に顔を向けた。

思いもしないことに愕然として、お勝は声もなかった。

梅太郎の顔つきは穏やかで、眼鼻立ちのいい瓜実顔をしていた。

中でコトリと音がして、お啓が恐る恐る戸を開けた。

梅太郎が中を覗き込もうとしたとき、戸の隙間に、彦次郎が立ちはだかった。

「ここには病人が寝てるから、話ならお勝さんのところでしたいんだがね」

彦次郎の申し出に、お勝は大きく頷いた。


茣蓙の敷かれた板張りに置かれた小さな櫓炬燵を、お勝と彦次郎、それに梅太郎と恭太が囲んでいる。

お啓が、櫓の上に四つの湯吞を載せたお盆を置くと、

「それじゃ、わたしはおよしさんの傍に戻るから」

土間で待っていたお琴を伴い、路地に出ていった。

幸助とお妙が瑞松院の手跡指南所から帰ってくるのは八つ（午後二時頃）過ぎだから、話を邪魔される心配はなかった。

間近に顔を突き合わせると、どう話をしていいものか迷っているらしく、梅太郎も恭太も、なかなか口を開かない。

ましてや、彦次郎の方から口火を切る気配は全くなかった。

「梅太郎さんとやらは、府中からわざわざ江戸に？」

思い切って、お勝が口を開いた。

「わたしは、恭太のお父っつぁんの久市さんに頼み込んで、四年前から江戸に出てきておりました」

梅太郎の声は気負い込むこともなく、淡々としていた。

「久市さんの古い知り合いが、巣鴨で鍬や鎌などを作る鍛冶屋をやっているというので、口を利いてもらったのです」

そう話す梅太郎の方を、彦次郎は見ようともせず、黙って顔を伏せている。

「それで、わたしはお父っつぁんに言われて、年に二度ばかり梅太郎の様子を見に、江戸に来ていたんです」

恭太が改めて事情を話した。

半年前に江戸へ来たとき、恭太が浅草の道具屋で〈山形に彦〉の銘のある短刀を見つけたことを、お勝は先日、『岩木屋』で耳にしていた。

その銘を刻印した刀工を、恭太は半年前と今回の二度にわたって捜し回った末に、『ごんげん長屋』に住む彦次郎だということに行き着いたのだとも語っていたのだ。

「久市さんには恭太という倅がいることは聞いていたんだが、そうか、そのあんたにあの刻印を見られたのか。あんな銘を刻むんじゃなかった」

訥々と口にした彦次郎の声音には、恨みを匂わせる響きはなかった。

「たしか、あの短刀は、中之郷の鍛冶場で打ったものだと言ってましたね」

お勝が問いかけると、

「江戸に来てからは、〈山形に彦〉の刻印は使ったことはなかったんだ。中之郷の鍛冶場で打った短刀の出来がいいと言ってくれた松蔵親方が、〈彦次郎〉の銘を刻んだらどうかと言ってくれたんだ。だが、自分の名を刻むほどの自信はなかったから、府中の久市さんのところで使っていた〈山形に彦〉の刻印を、あの短刀に残したんだよ」

そう話をすると、彦次郎は大きく息を吐いた。

「〈山形に彦〉の刻印の鎌や鑿は、彦次郎さんがうちの鍛冶場で使っていた印だということは、死んだ親父に何度も聞かされていましたから」

「久市さん、死んだのかい」

彦次郎は、恭太が言うや否や、喉を詰まらせたような声を発した。

「去年の夏の盛りでした」

そう言うと、恭太は小さく頷いた。

ふうと、彦次郎が細い息を吐く音がした。

表通りの方からたわし売りの売り声が届き、それがゆっくりと遠のいていく。

「死ぬ前の久市さんから聞かされたという昔話を、恭太さんに教えてもらうまで、わたしは、産んでくれたおっ母さんは無論のこと、父の義平を裏切っていた彦次郎という人を憎んでいました。決して許すまいと、恨んでいました」

梅太郎は、静かに語り始めた。

だが、久市が語った昔話の真偽を、恭太に探ってもらうと、三代目義平の家に奉公していた下男や下女、仕事場に出入りしていた刀剣屋や刃物屋から伝えられた話は、父親から聞かされていたものとは大きく違っていたことに気づかされた。

「父の義平は、二代目を継いで三代目になったものの、刀工としての評価は芳しいものではなかったようです。それどころか、刀工として名を揚げていった彦次郎さんに、妬(ねた)みを抱いたと思われました。次第にそれが高じて、彦次郎さんと幼馴染みだったおっ母さんとの仲まで勘繰(かんぐ)り始めたようです」

「もういいじゃないか、梅太郎さん」

彦次郎がやんわりと口を挟んだが、

「いいえ。この年で知ったことを聞いてもらわないと、わたしの気が晴れないんです」

梅太郎の声音には、揺るぎないものが窺えた。

それには、彦次郎も黙るしかなかった。

「わたしでさえ、おっ母さんまでお父っつぁんを裏切って、このわたしを産んだのだと思い込んだんです」

そこまで言うと、大きく息をついて、梅太郎は顔を伏せた。

「梅太郎がそう思うのも仕方ないんです。離縁になっていたとはいえ、彦次郎さんが、小幡宿にいたおよしさんと江戸に行ったと知ると、三代目義平さんは、やっぱりそうだったんだと言いふらしたようですから」

恭太はそう言うと、死ぬ間際の久市から聞いた話を口にした。

三代目義平は、彦次郎とおよしの不義密通をさらに激しく責め立て、広く深く周りに喧伝したのだという。

　いきなり炬燵から離れた梅太郎が、

「すべては、父、義平の妬みから起きたことでした」

　そう言うと、彦次郎に向かって両手をついた。さらに、

「病の末に死んだ父に免じて、どうか、許してやってください」

　とも口にして、額を床にこすりつけた。

「三代目は、いつ死になすったね」

「四年前になります。それを機に、わたしも江戸に出ておりましたが、このたび江戸を引き払い、府中に戻ろうかと思っています」

　顔を上げた梅太郎は、彦次郎の顔を見てそう答えた。

「三代目義平さんが亡くなった後、その場所は最後の弟子だった人が引き継いでおりますし、そろそろ国に戻ってきて、うちの鍛冶場で一緒に仕事をしないかと持ちかけたら、梅太郎がその気になってくれまして」

　恭太は、その顚末を嬉しげに語った。

　恭太は明日、一足先に府中に帰り、梅太郎を迎え入れる支度を整えることに話は決まっているのだとも打ち明けた。

出ない。

「そこで相談ですが、彦次郎さん、おっ母さんと一緒に府中に戻りませんか」

梅太郎は、思いつめた顔をしてそう投げかけた。

思いがけないことだったようで、彦次郎はおろおろとするばかりで、声ひとつ出ない。

「今すぐにとは言いません。わたしも府中に戻り、二人の住む家を用意できたら迎えに来ます」

梅太郎はそう申し出たが、彦次郎は気持ちの整理がつかないらしく、頭に手をやったり、唸ったりして、落ち着きがなかった。

いきなり出入り口の戸が開いて、

「およしおばさんが、眼を覚ましたよ」

顔だけ突き入れて、お琴がそう告げた。

お勝の家で話し合っていた四人が、彦次郎の家に移動していた。

「お琴ちゃん、なんかあったらいつでも呼んでおくれ」

さっきまで彦次郎夫婦の家にいたお啓は、お琴に後をまかせて、買い物に出掛けていった。

お琴は、鉄瓶を載せた火鉢を間に、恭太と座っている。

およしの枕元には彦次郎が座り、寝床を挟んだ向かいにお勝と梅太郎が並んで膝を揃えていた。

「およし、こちらのお人が誰か、わかるか」

彦次郎が顔を近づけてそう言うと、およしの顔をゆっくりと梅太郎の方に向けた。

「どなたでしたっけねぇ」

およしは、梅太郎に眼を向けたまま、丁寧な物言いをした。

「お前が産んだ、梅太郎さんだってよ」

彦次郎の声に、およしの顔が一瞬にして引き締まった。

梅太郎を見る両眼に、みるみるうちに力が漲った。

「梅太郎です」

顔を近づけて、梅太郎が声を出した。

掛けられていた掻巻がもぞもぞと動き、およしは白く細い手を出して、梅太郎の方へ伸ばす。

その手を、梅太郎の両掌が包み込んだ。

「梅太郎なのかい」

「あぁ」

「大きく、なってたんだねぇ」

「あぁ」

梅太郎は掠れた声で答えた。

およしが三代目義平の家を出されたのは、梅太郎が四つの頃だから、二十五、六年ぶりの対面であった。

「梅太郎さんが、府中に帰らないかと言ってくれてるが、お前はどうだい」

彦次郎がそう言うと、

「帰りたいねぇ」

およしは低い声で返事をした。

「おっ母さん」

梅太郎が顔を近づけると、およしはふっと眼を閉じた。

「あ、また寝た。さっきから、ずっとこんな具合なんだよ」

お琴は、およしの方を見て微笑んだ。

梅太郎が、両掌に包んでいたおよしの手を搔巻の中に戻すと、

「梅太郎、わたしは明日府中に発って、向こうで皆さんを迎える支度にかかることにするよ」

恭太は気負い込んで立ち上がった。

「わたしも、江戸を引き払う支度にかかりますから、彦次郎さんたちも、おいおいその支度を」

そう口にした梅太郎は彦次郎に頭を下げ、お勝にも小さく会釈を向けた。

日が沈んで半刻近くが経った『ごんげん長屋』には、まだ明るみが残っていた。

彦次郎夫婦の家に上がり込んだお勝は、掻巻を纏って上体を起こしているおよしの傍に座り、匙で掬った粥をおよしの口に含ませている。

すぐ近くの火鉢の横に座った彦次郎が、晴れ晴れとしたような面持ちで燗酒を口に運んでいた。

この日、梅太郎とおよしの対面がなった後、お勝は『岩木屋』に戻った。

七つ半（午後五時頃）に店を閉めると、すぐに『ごんげん長屋』に戻って、子供たちと夕餉を摂っているとき、お富が顔を出し、

「彦次郎さんには、大家さんとお六さんからお裾分けが届いたから、心配ありません。およしさんが目覚めたら、作っておいたお粥をあっため直して食べさせてやっておくれ」

お勝に後のことを託して行った。

夕餉を摂り終えてから隣に顔を出すと、およしが目覚めたばかりだった。

お勝はそのまま粥を温め直し、およしの介添えについたのである。

「だけどなんですねぇ、彦次郎さん。もつれにもつれた糸も、なんだか呆気なくほぐれることもあるもんですねぇ」

「あぁ。だから世の中は面白いんだねぇ」

しんみりと口にした彦次郎は、湯吞の酒をちびりと口にした。

「梅太郎さんに、帰りたい気持ちがあることは口にしたけど、はっきり帰るという返事をしてませんが、帰るんでしょう、およしさん」

お勝が問いかけると、

「お前さんは、どうなんですか」

およしは彦次郎に声を掛けた。

「それは、お前次第だよ」

「だったら、思い切って帰りましょうか」

およしは即座に返答した。

「わかった。そうしようじゃないか」

彦次郎もはっきりと口にして、府中に帰るという二人の気持ちは固まった。

「とんつくとんとん」

最後の粥を飲み込んだおよしの口から、そんな声が洩れ出た。

「なんですか、それは」

お勝が訝ると、

「総社宮の祭り囃子の太鼓の音だよ」

代わりに答えたのは彦次郎だった。

「お前さん、久しぶりに総社様のお祭りが見られますねぇ」

「あぁ」

頷いた彦次郎が、また、ちびりと酒を口にした。

「猿田彦が道案内をする供奉行列を、お勝さんにも見せたいもんだねぇ」

「露払いの獅子や、ささらの音もいいもんだ」

彦次郎まで故郷の祭りに思いを馳せた。

「わたしは、この前およしさんが『岩木屋』で話をしたお寺の本堂に上がって、遠くの景色を見てみたいもんですよ」

「西光院だね」

およしがすぐにそう口にした。

「懐かしいねぇ。しかし、久しぶりに故郷に足を向けるというのが、なんだか、こっ恥ずかしいというか、なんというか」

言葉を濁した彦次郎が、最後に小さく、へへへと笑い声を上げたとき、

「わたしだけど」

戸の外から、お琴の声がした。

「お入り」

お勝が応えるとすぐ戸が開いて、お琴と幸助、お妙が土間に足を踏み入れた。

「ほほう、三人揃って何ごとだい」

「おじさんおばさん、『ごんげん長屋』を出ていくの？」

お琴が尋ねると、彦次郎は困ったような面持ちでおよしの方を見た。

「彦次郎さんたちに、そんな話が持ち上がってることは持ち上がってるけどね」

お勝は、思わず答えを誤魔化した。

「じいちゃんもばぁちゃんも、ずっとここにおれ。どこにも行くな」

幸助が、まるで諭すような物言いをした。

「幸ちゃんがそう言ってますよ、お前さん」

笑みを浮かべたおよしがそう言うと、

「どうしたもんかねぇ」

困ったような笑みを浮かべた彦次郎は、頬を手で撫でた。

五

二月二十五日から三月二日にかけて、例年、江戸の諸方で雛市が立つ。

月が替わったこの日、質舗『岩木屋』では、店を開けて早々に、雛飾り一式を借りたいという損料貸しの客が立て続けに三組ほどやってきた。

雛飾りの品物を大八車に載せて運ぶ車曳きの弥太郎と、配達の段取りを決めたところで、お勝は『岩木屋』を後にして、『ごんげん長屋』に戻ってきていた。そのことは、昨日のうちに、吉之助の了解を取りつけていた。

『ごんげん長屋』の路地に、暖かみのある日が射している。

ほどなく、五つ半（午前九時頃）という刻限である。

彦次郎夫婦の家の中は、障子紙を通した日の光に満ちていて、結構明るい。

壁際に置かれた白木の祭壇には、線香立てと蠟燭立てがあり、その奥に白布に包まれた骨箱がある。

お勝と彦次郎は祭壇の前に膝を揃え、土間の框にはお富とお啓が腰掛けていた。

およしは、倅の梅太郎と対面を果たした日の翌日、静かに息を引き取った。

それから四日が経っている。

およしの死は、すぐに巣鴨の鍛冶屋に知らせて、梅太郎を呼び寄せた。

その翌日には、栄五郎が師匠を務めている手跡指南所のある瑞松院で弔いを済ませ、火葬して骨になったおよしは、『ごんげん長屋』に戻ってきていたのである。

路地から下駄の音が近づいてくると、土間に立ったお富が戸を開けた。

「あ、伝兵衛さん」

お富は、入り込んできた大家の伝兵衛の名を呟いた。

「お迎えは、五つ半ということだったね」

伝兵衛が誰にともなく言うと、

「えぇ」

彦次郎が殊勝(しゅしょう)に頭を下げた。

伝兵衛は土間を上がり、およしの遺骨に手を合わせた。

この日、常陸国の府中に帰る梅太郎が、遺骨と彦次郎を迎えに『ごんげん長屋』に来ることになっていた。

だが、早朝から仕事に出たり用事があったりして見送りの叶(かな)わない者たちが、およしの祭壇に手を合わせてから出掛けていったことに、隣家で朝餉の支度をしていたお勝は気づいていた。

「梅太郎です」

その声に、土間にいたお富が戸を開けた。

「おはようございます」

旅支度を整えた梅太郎が、中の一同に挨拶して土間に入ると、

「皆さんには、おっ母さんのために手厚い弔いをしていただき、本当にありがとうございました」

深々と腰を折った。

「さぁ、およしさんも旅支度だ」

あえて明るい声を張り上げたお啓が土間を上がると、骨箱の傍に置いてあった風呂敷を広げた。すると、お富は祭壇の骨箱を両手で持ち上げ、お啓が広げた風呂敷の上に置く。

お富は、風呂敷で骨箱を包むと、一か所だけ短く結び、もう一か所は首から掛けられるように長めに結わえた。

「彦次郎さん、支度はまだでしたか」

梅太郎が訝るように口にすると、

「あ、ほんとだ」

声を発したお富も、お啓も、普段着姿の彦次郎に眼を遣った。

「彦次郎さん、着替えの用意はあるんですか」

お勝が気遣うと、

「梅太郎さん、府中には、およしだけを連れていってくれませんかねぇ」

彦次郎は膝を揃えると、梅太郎に向かって頭を下げた。

「けど」

梅太郎は、戸惑ったようにお勝たちを見回す。

「わたしのことはいいんだ。あんたが物心ついたときには、傍にいなかったおっ母さんじゃないか。これからは、離れ離れになっていたおっ母さんの傍には、あんたが一緒にいてやる番だよ」

彦次郎の声が沁みたのか、梅太郎はそっと唇を噛んで顔を伏せた。

すると、彦次郎は祭壇の下に置いてあった小さな壺を出して、板張りに置いた。

「昨夜、およしの骨をひとかけら貰って、この中に入れたから、わたしはここで、毎朝拝むことにするよ」

彦次郎の言葉を聞いたお勝たちは、両掌に収まるくらいの釉薬の掛かった壺に眼を凝らした。

「さぁて」

ゆっくりと腰を上げた彦次郎は、骨箱を持って立つと、長めに結わえた風呂敷の結び目を、土間に立つ梅太郎の首に掛けた。

「梅太郎さん、頼みますよ」

彦次郎の声に、梅太郎は大きく頷く。

「何も国に帰りたくないわけじゃないんだが、どうも、気恥ずかしいというのかねぇ。それに、こんなわたしに、ずっとここにいろと言ってくれるお人もいるもんだからね」

彦次郎は笑みを見せた。

「それじゃ」

骨箱を胸に抱いた梅太郎は、会釈をすると路地へと出た。

続いて彦次郎が出て、その後にお勝たちも続いた。

「彦次郎さん、気が変わったらいつでも帰ってきてください」

「あぁ」

彦次郎は、梅太郎をしっかりと見て、頷いた。

「およし、梅太郎さんに抱かれて府中に帰れるんだぜ。よかったなぁ」

骨箱にそう語りかけた彦次郎が、風呂敷包みの上から軽く撫でた。

「それでは皆さん、お世話になりました」

住人たちに一礼すると、梅太郎は木戸の方へと歩き出した。

お勝たちは、去っていく梅太郎の背中に向かって両手を合わせた。


その日の日暮れ時である。

いつもは賑やかな夕餉だが、およしの遺骨が梅太郎の胸に抱かれて行ったことを話すと、子供たちはさすがにしんみりとしてしまった。

だが、彦次郎が残ることになったのは、子供たちには朗報だったようだ。

いつの間にか路地には夜の帳が下りていた。

夕餉の片付けを終えて、お勝が茶を淹れようとしていたとき、

「こんばんは」

聞き覚えのある男の声がした。

「あ、お隣の治兵衛さんだ」

お妙がそう言った通り、お琴が戸を開けると、戸口には隣に住む足袋屋の番頭の治兵衛が畏まっていた。

「何か」

お琴が何気なく問いかけると、

「お勝さんに、折り入ってお話が」

治兵衛は身を硬くして、声を掠れさせた。

「どうぞ」

お勝が声を掛けると、治兵衛はおもむろに土間に足を踏み入れ、

「表通りの『春月堂』の菓子ですが、お子たちとどうぞ」

框に菓子箱を置いた。

「うわ」

幸助が歓喜の声を上げた途端、

「今は食べないよ」

お琴が窘(たしな)めた。

「それで、お話というのは」

お勝がそう切り出すと、

「ここしばらく、長屋で起きたことの数々、ま、彦次郎さん夫婦のこともそうですが、住人に対してのお勝さんの気配り目配りには大いに胸を打たれた次第です。そういうお人ならば、さぞかし心穏やかに過ごせるのではと思い、ぜひとも、わたしと夫婦になっていただけないかと、こうして」

治兵衛は、少し白髪(しらが)の交(ま)じり始めた頭を下げた。

「しかし、それは、困りましたねぇ」

お勝は、苦笑いを浮かべると、

「この年になって花嫁になるなんて、思いもしないことでして」

そう口にして、子供たちの反応を見た。

「それは、やめた方がいいと思います」

お琴が、治兵衛に向かって真顔でそう口を開いた。

「え」

声にならない声を出して、治兵衛は眼を丸くした。

「治兵衛さんは、ここの住人になって日も浅いからそんなことを口になさいますけど、きっと後悔することになります」

お琴の言うことに、幸助とお妙が大きく頷いた。

「気に入らないことがあると、恐ろしい雷が落ちます」

そう打ち明けたのは幸助である。

「そのたびに、きっと、しまったと思うに違いないのです。そうなっても、わたしたちにはもう、手の施しようがないのです」

そう付け加えたお妙は、せつなげなため息をついた。

「それでもよければ、この雷を、いえ、母をどうぞお連れください」

丁寧な口を利いて、お琴は頭を下げた。

「あ、そりゃそうですよ。ここへ来て日が浅いということもありますし、もう一度、よくよく考えてからのことにします。では、おやすみなさい」

腰を折ると、治兵衛は慌ただしく路地へと出ていった。

「お前たち、よくも」

お勝は、ごくごく小さな声で子供たちを睨む。

「嫁入りしたかったの？」

お妙は、小さな声で尋ねた。

お勝は、ぶるぶると首を横に振った。

顔を見合わせた四人は体を揺すり、声を殺して笑った。


『ごんげん長屋』の井戸端は、洗顔や朝餉の支度に忙しい住人たちで混み合っている。

雛祭りの昨日は、一日中薄雲に覆われていたが、今日は朝から青空が広がっていた。

梅太郎がおよしの遺骨を郷里に連れていってから、三日が経っていた。

お勝とお富は米を研ぎ、お啓と栄五郎は青菜の根の泥を濯ぐ。

青物売りのお六は、いつものように暗いうちに出ていったようだ。

町小使の藤七は、髭を剃ったばかりの顔を洗っている。

「南無妙法蓮華経」

路地の方から、彦次郎の唱える念仏が聞こえてきた。

「なんだか、昨日より、声が軽くなったようだね」

お富の声に、井戸端の一同が耳を澄ました。

「あれだよ、長年背負ってきたものを肩から下ろして、彦次郎さん、ほっとしているのかもしれないねぇ」

長屋で一番年かさの藤七の言葉が、お勝の胸にしみじみと沁み渡った。

彦次郎の念仏の届く朝の井戸端に、ふわりと白いものが舞った。

どこからか流されてきた、たった一片の桜の花だった。

この作品は双葉文庫のために書き下ろされました。

双葉文庫

か-52-08

ごんげん長屋つれづれ帖【三】
望郷の譜

2021年9月12日　第1刷発行

【著者】
金子成人

【発行者】
箕浦克史
【発行所】
株式会社双葉社
〒162-8540 東京都新宿区東五軒町3番28号
［電話］03-5261-4818(営業)　03-5261-4833(編集)
www.futabasha.co.jp(双葉社の書籍・コミックが買えます)
【印刷所】
中央精版印刷株式会社
【製本所】
中央精版印刷株式会社

【フォーマット・デザイン】
日下潤一

ISBN978-4-575-67070-7 C0193
Printed in Japan